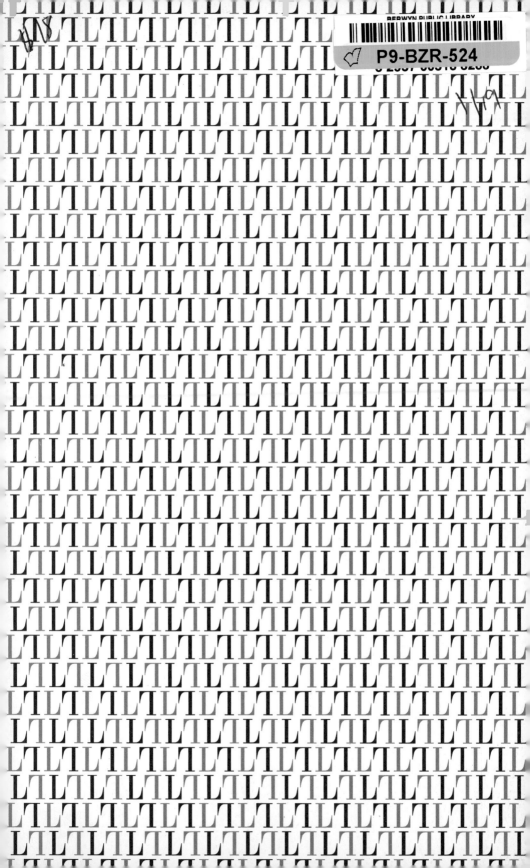

Deje su mensaje después de la señal

Deje su mensaje después de la señal

Arantza Portabales Santomé

Lumen

narrativa

Papel certificado por el Forest Stewardship Council®

Título original: *Deixe a súa mensaxe despois do sinal*

Primera edición: mayo de 2018

© 2017, Arantza Portabales Santomé
Autora representada por la agencia literaria Rolling Words
© 2018, Penguin Random House Grupo Editorial, S. A. U.
Travessera de Gràcia, 47-49. 08021 Barcelona

Printed in Spain – Impreso en España

ISBN: 978-84-264-0552-4
Depósito legal: B-5764-2018

Compuesto en La Nueva Edimac, S. L.
Impreso en Egedsa
Sabadell (Barcelona)

H 4 0 5 5 2 4

Penguin
Random House
Grupo Editorial

A Nando, mi «AA». A Xoana.
A Sabela. Siempre F. F.

No hay nada que se pueda comparar a la palabra y a la comunicación. No hay nada comparable a poder hablar a la persona adecuada en el momento adecuado en el que la persona a quien se habla tiene ganas de escuchar, y la persona que habla desea hablar.

CARMEN MARTÍN GAITE

Galaxias en el café

Marina

Del día que te fuiste tan solo recuerdo una canción sonando en la radio. Y que estaba tomando café. Más que tomarlo, dibujaba espirales de espuma dentro de la taza mientras revolvía sin parar. Parecían una Vía Láctea en miniatura. Eso es lo que recuerdo. Y que te fuiste.

Miento. También recuerdo que te ofrecí un café. Aunque tú nunca lo tomas. Y menos en domingo. Supongo que ese era el problema. Que lo que yo te ofrecía no era lo que tú esperabas.

Y también recuerdo ver a nuestra vecina mientras tendía la ropa en el patio. Y recuerdo haber pensado que era idiota, que iba a llover. «Café», repetí en voz baja, sintiéndome pequeña. Pequeña como una minúscula parte de esa galaxia de café que seguía dibujando, rítmicamente, reiterando los movimientos circulares de la cuchara dentro de la taza.

Yo era pequeña, y tu maleta, enorme. En ella cabían todas tus cosas. Ropa. Libros. CD. Siete años de vida metidos en una maleta gris gigante. Esa que nunca usamos, porque, cargada, ni tú ni yo podíamos con ella.

Y después hablaste. Pero no puedo recordar lo que dijiste, porque no quería escucharte, así que fijé la vista en las espirales de espuma, pensando que si me concentraba lo suficiente, podría sumirme de nuevo en un sueño profundo y despertar de nuevo en esta cocina, un domingo cualquiera, tomando café, mientras tú salías a correr. Como todos los domingos. Pero no sucedió. Seguía sonando la radio. «A Sky Full of Stars», de Coldplay. Qué apropiado, pensé con la mirada fija en la taza.

No recuerdo nada más. Ni siquiera el momento en que saliste. Quizá diste un portazo al salir. O quizá saliste en silencio. Quizá al final llovió. O quizá no. Quizá la vecina tuvo suerte. Quizá ella sí.

No me escuches

Carmela

¡Hola, hijo!

Estoy hablando con el contestador de tu casa. No, no me he vuelto loca. Sé que si quiero hablar contigo tengo que llamar al teléfono móvil que te han dado en la ONG. Que no oirás este mensaje hasta que hayas vuelto del extranjero. Llegarás a tu casa y te encontrarás con todos estos mensajes de tu madre. Y sé que al principio te enfadarás un poco, pero si lo piensas bien es mejor así. Tú estás ahí, curando a niños, y yo estoy tan orgullosa que no puedo hacer esta llamada.

Bueno, esta sí, ya la estoy haciendo. La que no puedo hacer es la otra. Esa en la que tú estarías al otro lado y que haría que cogieses un avión. No puedo consentir eso. Puedo soportar muchas cosas. Las estoy soportando. Pero eso, no. Que tú sufras, no. Así que aquí estoy, hablando con el contestador de tu casa. Porque necesito que sepas lo que me está pasando, pero también necesito que no me escuches todavía. He pensado que puedo ir llamándote para contarte lo que me sucede. Y ya después, cuando vuelvas, con tranquilidad, vas escuchando despacio todo esto.

Si lo piensas bien, esto es un poco como esos programas de madrugada a los que llama la gente para confesarse. Hablan como si no los estuviese escuchando nadie y lo cuentan todo. Que tienen una amante. Que llevan años enamorados de un cuñado. Que se mueren por ver un día el mar.

No debe de ser tan difícil. Tan solo hay que pensar que nadie te escucha al otro lado de la línea. Solo hay que coger fuerzas y decirlo.

Tengo cáncer.

Con metástasis.

Ya está. Ya lo he dicho.

El trato

Sara

Son las diez de la noche. Por mucho que trabajes, he llegado a la conclusión de que a esta hora ya no debes de estar en la consulta. Y si te parece bien, prefiero que a partir de ahora nuestras sesiones sean así, a través del contestador. No te preocupes por el dinero, le diré a papá que te haga una transferencia semanal. Tú puedes contestarme a través del correo electrónico (saraviñas.1992@gmail.com). Sé que dijiste que las normas de nuestras sesiones las pondrías tú. Pero de verdad, Bruno, o esto o nada. Me han bastado tres días para darme cuenta. No me veo capaz de estar sentada en tu consulta y contarte mi vida. Para empezar, no parece la consulta de un psicólogo. No hay diván, ni siquiera un sofá cómodo. Tan solo tú y yo, separados por una mesita pequeña. Estás muy cerca. Intimidas. Eres un tío muy grande. Pienso que si eliminamos esa barrera física, me sentiré más libre para hablar. Si no hablo, no podremos analizar lo que me está pasando. Aunque creo que no me pasa nada. Tan solo estoy un poco confundida.

Está bien. Este es el trato. Yo hablo con este contestador. Tú me contestas por correo. Y cuando hables con mi padre, le dices que estoy siendo una niña buena y que estoy yendo a tu consulta.

Tú no dices nada de nuestro trato, y yo te prometo no intentar hacerlo de nuevo. Aunque aquello de las pastillas fue un accidente Pero de eso ya hablaremos el miércoles. Y quédate tranquilo. Estoy bien.

Muy bien.

Tan solo un poco confundida.

Mentiras

Viviana

Mentir es fácil. Lo complicado es hacerlo bien. Y a mí siempre se me ha dado mal. O quizá no. Quizá yo mentía bien, pero tú tenías esos superpoderes que tienen los padres. Porque tú siempre, de una ojeada, sabías si te estaba diciendo la verdad o no. Y aun así, nunca me descubrías delante de mamá.

Acabo de recordar esas mañanas de mi infancia. La tortura del desayuno. ¡Qué poco me gustaba comer, papá! Recuerdo cómo me guiñabas el ojo cuando mamá me preguntaba desde el piso de arriba si ya me había acabado el Cola Cao, que Inés ya estaba fuera, que me apurase, que íbamos a llegar tarde a la escuela. Y yo siempre gritaba con voz firme un «¡Ya he acabadooooooooo!». Pero los dos sabíamos dónde terminaba la leche. En el fregadero.

Era fácil mentir. En la infancia todo era fácil.

Hoy me he encontrado a Inés. Sí. Aquí. En Madrid. Increíble, ¿verdad? Iba con un montón de chavales. Habían venido de excursión para ver un musical. Imagino que a eso se debía el montón de llamadas perdidas de la última semana. Me la he encontrado en el metro y en hora punta. ¿Qué probabilidades había? Las mismas de que tú no adivinases que no me tomaba la leche del desayuno. Se abrazó a mí y me dijo que la semana pasada había ido a visitar a mamá a la residencia. No pude soportarlo, así que cambié de tema y hasta le mentí (mentir es fácil) y le dije que la encontraba más joven, más guapa, más delgada.

«Delgada estás tú», me dijo. Como si no lo supiese. «¿Comes bien?» ¡Dios! Tiene mi edad y ya habla como su madre. «Y tanto», le respondí. Después de eso, me contó lo de la tía Albertina.

¿Cómo decirle que no sabía que tenía alzhéimer? ¿Cómo confesar que no hablo nunca con mamá? Hice como que ya me lo habían contado y puse una excusa idiota por no haber llamado. Le dije que andaba con mucho lío en el trabajo. Empezó entonces con su discurso de que para trabajar en IKEA no tenía por qué mudarme a Madrid. Que en Loira todos pensaban que había venido para trabajar en algo importante. «Trabajar en IKEA está bien», le dije. Me gusta Madrid. El calor asfixiante del metro. Las escaleras abarrotadas. Me gusta vivir a setecientos kilómetros de esa residencia donde está mi madre. Me gusta hablar con este contestador, papá.

Bueno, no le dije todo eso. Uno no puede andar diciendo por ahí todo lo que se le pasa por la cabeza.

«Me gusta trabajar en IKEA», repetí.

Aunque quizá debí decirle la verdad.

Soy puta.

Después recordé que mentir es fácil. Que lo difícil es mentir bien. Así que miré a mi prima a los ojos y le conté mi verdad. La otra.

Que el montaje esta semana era gratuito.

Que había tres por dos en la sección de bombillas de bajo consumo.

Que iría a casa por Navidad.

Amor de teletienda

Marina

Todavía no he subido al piso de arriba. Diez días y no soy capaz de poner un pie en las escaleras. Semana y media desde que te marchaste y ya he organizado este nuevo mundo mío. Es un mundo oscuro. No lo digo figuradamente. Es oscuro de verdad. He bajado todas las persianas y vivo en una penumbra tranquilizadora, tan solo rota por el resplandor del televisor. Distingo el día y la noche en función de la programación. Sobrevivo solo con copos de maíz y galletas saladas. Sé que esto tiene que acabar. Solo es un cuarto vacío. Hoy subiré arriba. Qué tontería, como si se pudiese subir abajo. Pienso seguir así. Hasta que me aburra de esa programación eterna habitada por videntes que me recuerdan que, si soy Aries, no merezco que vuelvas. Que nada corta mejor que un juego de cuchillos japoneses.

Sé que me dirás que tengo que acabar con esto. Subir las persianas. Las escaleras. Enfrentarme a ese cuarto vacío. Esto es lo que tiene hablar con un contestador. Hablo y hablo, mientras me imagino lo que tú dirías. Que suba. Que soy una dramática. Y yo podría enfadarme. Pero no. Mira tú que, por una vez, tengo que darte la razón. Vale, lo haré. No hoy, claro. Lo haré mañana. Hoy no puedo. Aún no. Solo son diez días. Y mañana, once. Lo haré mañana. Prometido.

Subo el volumen del televisor. Todo sigue igual.

Seguimos sin Gobierno.

Nadie debería vivir sin un banco de abdominales.

Te echo de menos.

Miedo, lacón y grelos

Carmela

¡Hola, hijito!

No sabes el consuelo tan grande que es para mí marcar el número de tu casa y dejarte estos mensajes. Porque la verdad es que me daba un miedo horrible no poder despedirme en condiciones y decirte todas las cosas que ambos sabemos que nunca te he podido decir.

A lo largo de mi vida, solo he tenido un miedo real: morir después de ti. Por eso ahora estoy tranquila, porque eso no va a suceder. A morir no tengo miedo. A la muerte no se la puede temer. Solo muere quien ha vivido, hijo. Yo le tengo respeto. Pero... ¿miedo? ¿Qué viene siendo el miedo, más que ignorancia? Te confieso que, si acaso, soy algo cobarde, porque nunca he llevado bien el dolor. Recuerda cuando me caí en la cocina y me rompí la muñeca. Y esto tiene que doler más. Sobre todo a ti. A ti te va a doler. No, no quiero hablar de esto. Ni siquiera sé bien qué quiero contarte. ¿Qué decirte de esta vida mía ahora que no es más que un corre que te corre, de médico en médico? De aquí para allá, todo el día sin parar. Sin tiempo de pensar en lo que viene. Preocupada por cosas cotidianas, como qué comer. Porque entre tanta cita, entre tanto autobús al hospital, no consigo llegar a casa hasta la hora de la siesta. Ya he cogido la costumbre de dejar la comida hecha de un día para otro. Hoy he llegado casi a las cuatro. Había reservado un cocido de ayer que daba gloria verlo. Con grelos de tu tía, que vino a traérmelos el sábado. Pero no te creas, no tengo apetito. Se ha quedado casi entero. Así que mañana, cocido. De nuevo.

Parece que hoy me está quedando una conversación un poco aburrida. Es que no quiero hablarte del hospital. De las pruebas. De los discursos de los médicos. Que sí, hijo. Que a los médicos no hay quien os entienda. Ni a ti. Por cierto, estoy guardando todos los resultados de las pruebas en el cajón del mueble del comedor. Por si quieres leerlas. Tú seguro que las entiendes mejor que yo. Y el doctor que me ha atendido es Carracedo. Por si cuando estés de vuelta quieres hablar con él.

También te dejo todas las fotografías que me pediste antes de marcharte, las de tus abuelos y bisabuelos. Tienes que devolvérselas a la tía Dorinda.

Y en el congelador te he dejado unos chorizos de la matanza que me trajo tu tía.

Con los grelos.

Tarde de compras

Sara

Hoy he ido de compras con mi madre. Fue idea de papá. Dijo que tenía que volver a hacer vida normal. Como si alguna vez se hiciese vida normal en esta casa. Como si todos ignorásemos que pasar cuatro horas seguidas con mi madre no va a ayudar precisamente. Más bien, todo lo contrario. Pregunté si podía ir sola, y enseguida me pusieron mil excusas. Que qué difícil era aparcar en Vigo. Que mamá tendría más claro lo que me hacía falta comprar. Que el cambio climático iba a derretir los polos. No sé. No sé qué chorradas dijeron. Y yo acepté porque me moría por salir de esta cárcel.

«Tarde de mujeres», concluyó papá.

Pero mi madre no es una mujer: es una madre. La diferencia es clara. Una madre es una mujer que ha olvidado que lo fue. Que te dice que te quiere, pero hace todo lo posible para demostrarte lo contrario. Que dice que te conoce, pero no adivina ni por un instante lo que está pasando por tu cabeza.

Ejemplo.

Ropa interior.

Qué quiero yo: pijamas y algún camisón sencillo. De algodón, a ser posible. Algo de seda. Poco. Blanco. O a lo sumo beige.

Qué elige ella: picardías, encajes, colores negros o rojos.

Qué pienso yo: que no la soporto, que si esta es la única manera de que me dejen respirar aire puro, mejor me quedaba en casa, mirando por la ventana y contando el número de baldosas de la acera (ochocientas treinta y tres).

Qué piensa ella: que el cambio climático está derritiendo los polos. Vale, no sé lo que piensa. O sí. Piensa que no puedo caminar sola durante dos horas por un centro comercial.

Al final me callé y, por no protestar, acabé comprando esos picardías negros. Por no oírla, ¿sabes?

Al llegar a casa, saqué toda la ropa de las bolsas y la metí embarullada en el armario. No la necesito. No, todavía.

Faltan seis meses para la boda.

Pelucas

Viviana

Desde que trabajo en el Xanadú, suelo ponerme peluca todas las noches. Ayer, Irina, la nueva, me pidió prestada una de melena larga, oscura y rizada, que casi no uso. Supongo que para ella, tan rubia y tan pálida, supone una novedad verse morena.

No sé si te he hablado de Irina. Es rumana y lleva aquí apenas un mes. Casi no habla, pero yo ya conozco su historia. Es la historia de todas las Irinas. Irina quiere sacar a su familia de Rumanía. Seguramente tuvo un hijo joven. Probablemente le debe mucho dinero a quien la trajo a Madrid. O está pagando una deuda de familia. Cree que dentro de cuatro años estará fuera de este mundo. Casada o viviendo con alguien que la sacará de aquí. Cree que será capaz de pasar por delante de las puertas del Xanadú sin pensar en lo que está sucediendo de puertas adentro.

Lo que no sabe es que las puertas del Xanadú son como las puertas giratorias de los aeropuertos. Giras y giras dentro de ellas, sin encontrar la salida.

Yo intento ayudarla, como a todas. «Primera lección: cobra siempre por adelantado. Segunda: no regales ni un minuto.» Hay mil lecciones. «Enciende el cronómetro antes de empezar. Repite conmigo estas tres palabras en mi idioma: "No sin condón". Si se ponen violentos, protégete la cara. Si la cosa se complica, toca el timbre que hay en todos los cuartos.» Roscof no les pasa una a los clientes conflictivos. «Sonríe mucho. Chilla muy alto. Como si gozases como una perra. Algunos dejan muy buenas propinas solo por eso. Guarda el dinero en un lugar seguro. Ahorra. Las drogas, ni en pintura.»

Tengo mil lecciones para todas las Irinas. Esas que nadie me ha dado a mí.

Está preciosa con esa peluca de rizos. A mí me gusta más la de media melena rubia. Me doy un aire a Doris Day. A ti te gustaba mucho Doris Day, ¿verdad, papá? Igual por eso es mi favorita. Me la pongo al menos un día a la semana, aunque Roscof siempre dice que a los hombres les gustan las pelucas rubias de melena larga, de modelo de Playboy.

Tengo mil pelucas.

Hay mil Vivianas.

Mil Irinas.

Un Xanadú.

Diecisiete palabras

Marina

¡Hola, Jorge!

He estado pensando que deberías venir a buscar tus cosas. Te has dejado muchísimas. Las he recogido todas y las he dejado en el cuarto de invitados. Y he hecho una lista que te voy a leer de inmediato:

- Trece DVD de la colección *Mundo submarino* de Jacques Cousteau. Nunca los llegué a ver. Sabes que no soporto los animales.
- Una camiseta verde (la ganamos un día de San Patricio en un pub irlandés. Dudé antes de incluirla en la lista porque aquel día estábamos tan borrachos que no recuerdo si la ganaste tú o la gané yo. La verdad es que la he usado un par de veces para dormir, pero dado que es una talla XL debe de ser tuya. Por si acaso, la he incluido).
- Ropa de esquí.
- Un sacacorchos de diseño que nos regaló tu prima por nuestra boda. Ese tan feo que nunca supimos cómo coño se usaba.
- Un petirrojo de Sargadelos (y no me digas que es mío. Ya sé que me lo regalaste en un aniversario, pero siempre me ha horrorizado. Técnicamente es tuyo. Tú lo compraste).

– La mitad del diccionario enciclopédico en gallego. He decidido compartirlo contigo. En concreto, tú te quedarás con los treinta primeros tomos. Yo puedo quedarme con los treinta del final. En el tomo treinta y uno pone: GOD-GUB. Y la primera palabra que aparece es «godalla». Se me ocurre que tendré que llamarte si quiero buscar una palabra que empiece por D. Por ejemplo, «diafanoscopia». Quizá esta no sea una buena solución. A fin de cuentas, generaríamos una relación de dependencia que tú no deseas. Mejor lo echamos a suertes. Ganarás tú. Tú siempre ganas.

Después me cansé de escribir, así que la lista está incompleta. Quedan muchas más cosas. Debiste de adivinar que siete años de vida no cabrían en esa maleta gris.

Y, sobre todo, te has dejado estas diecisiete palabras:

«¡Vaya, parece que no puedo atenderte! Llama más tarde o deja tu mensaje después de la señal».

¡Manda *carallo*, Manuel!

Carmela

Estoy tan enfadada, hijo mío, pero tanto, que solo tengo ganas de gritar y gritar. Voy en el autobús. Vuelvo de la consulta. Ya ni te voy a contar lo que me han dicho. En cuanto llegue a casa meto los resultados en el cajón del mueble del salón y ya los leerás. Nada nuevo. Me muero. Ahora están calculando a qué velocidad. Yo, mientras, voy calculando cuántas llamadas a este número me quedan. Veinte, cincuenta y cinco, ochenta y dos…

Hablo bajo. En el asiento de al lado no hay nadie, pero nunca se sabe. Lo que te decía. Estoy tan enfadada…

Hoy me ha tocado esperar muchísimo. La enfermera, que ya me conoce, me mandó a tomar un café, y yo, que ya me muevo por ese hospital como por mi casa, salí por urgencias. Y nunca imaginarías quién estaba allí: el director del banco y su mujer. Ella estaba completamente fuera de sí, y no hacía más que pegarle puñetazos en el pecho. Y gritar entre sollozos que había sido culpa de él. Él hizo como que no me conocía. Pero yo me hice la tonta y me quedé en la sala de espera. Que sí, que no me iba a marchar de ahí sin saber qué había pasado.

Después vino el médico y les dijo que la chica estaba bien, que le habían hecho un lavado de estómago. Que saldría de esta.

¿Sabes qué?, yo conozco a esa chica. Y tú también. Sí, hombre… ¿Cómo se llamaba? Sara. Es amiga de tu primo Miguel. Es muy jovencita, pero seguro que te acuerdas de ella.

¡Cómo está el mundo! Yo estoy contando los días que me faltan. Intentando que sean treinta mejor que veinte. Veinte mejor que diez. Y una chica que lo tiene todo resulta que quiere morirse. Joven, guapa, con dinero… Y con un pedazo de novio, que llegó allí corriendo mientras yo salía, tan preocupado que a simple vista se veía que está loco por ella.

No entiendo nada. Estoy tan enfadada que no he podido aguantarme hasta llegar a casa para llamarte. ¿Sabes qué, Manuel?, que este mundo está del revés. ¡Ojalá se muera! Merece morir. Esto no lo digo en serio, pero… ¡es que no es justo! ¡Manda *carallo*, Manuel!

El accidente

Sara

No comparto en absoluto lo que me decías en el mensaje que me enviaste ayer por correo. Cuando digo que mi madre cree que los polos se están derritiendo, solo estoy mostrando mi perfil irónico. Soy una chica inteligente y sarcástica. ¿«Claro perfil depresivo»? Pero ¿tú dónde has estudiado? ¿En la escuela de psicología barata a distancia? ¿Has comprado el título en un quiosco, por fascículos?

Es por lo de las pastillas. Sara se ha tomado una sobredosis de pastillas. Sara quiso suicidarse. Sara está loca, deprimida. Sara es bipolar, esquizofrénica, neurótica, demente. Para esto te pagan, ¿no? Para decirme que algo está mal en mi cabeza, porque estoy hablando de mí en tercera persona. ¿No te has parado a pensar que si estuviese tan mal, estaría ingresada en una clínica de esas, de descanso, con un psiquiatra? Si estuviese tan mal, mi tratamiento no se reduciría a dos llamadas semanales a un psicólogo que a la vez es el hijo del mejor amigo de mi padre. Por cierto, de eso no hemos hablado. ¿Tu código deontológico no te prohíbe tratar a amigos? Bueno, en sentido estricto no somos amigos. Pero tenemos casi la misma edad. Nos conocemos desde pequeños. Tu padre y el mío juegan juntos al golf. Sucedió lo que sucedió en aquella caseta. Y llevas años mirándome las tetas de reojo cuando nos encontramos por la calle. ¿Ves?, esta es la típica afirmación que no podría hacer si estuviese en tu consulta. Si es que eso que tienes puede llamarse consulta. Deberías pensar seriamente en cambiarla; ese despacho va a llevarte a la ruina. Yo podría ayudarte con la decoración. Se me da muy bien… ¿Por dónde iba? Sí, por mis tetas. En fin. Resumamos.

Sara se levantó un día. Se tomó un zumo. Salió a correr. Dio cinco vueltas alrededor de la urbanización. Volvió a su casa. Se duchó. Habló con su novio por teléfono. Tomó una caja de Alprazolam. ¿O fueron dos?

Y si te digo, Bruno, que no fue un intento de suicidio, que fue un accidente, ¿me creerías?

No.

Pues entonces da igual.

Sara está loca. Sara casi se suicida.

Piensa lo que quieras. Y manda el número de cuenta, por favor.

Sueños

Viviana

Ayer soñé que era niña de nuevo. Que mamá y la tía Albertina estaban sentadas a la puerta de casa de la abuela, y que Inés y yo jugábamos a la rayuela, al lado de la tienda del Cachón. Hacía calor. Mucho calor. Inés y yo queríamos ir a la playa, pero no nos dejaban porque teníamos que hacer la digestión.

Bien pensado, no parecía un sueño. En los sueños siempre pasa algo extraño. Algo que te hace pensar que lo que te está pasando no es real. Pequeños mensajes ocultos que te advierten de que eso no está sucediendo. Por ejemplo, cada vez que sueño con la playa de Loira, sueño que nado por encima de los escollos cercanos a la playa, que me amenazan bajo el mar con su oscuridad y parecen cobrar vida. Y a veces, la cobran. Parecen monstruos. Loira está lleno de ellos. También sueño con olas gigantes. O que me sumerjo en el agua y no puedo salir. Y contigo. Sueño que estás atando las redes en la playa, con el abuelo. Y ese es un claro signo de que es un sueño... Tú nunca ataste redes, papá. No querías saber nada del mar.

Pero en este sueño, en el que se reproducía una tarde cualquiera de un agosto de mi infancia, no pasó nada extraño. Inés me chinchó tanto que le tiré del pelo. La tía Albertina me dio una bofetada y mamá miró para otro lado, como siempre. Después llegaste tú, y me encontraste sentada en el suelo, llorando a la puerta de la tienda del Cachón y me diste cincuenta pesetas para comprar dos polos de limón. Uno para mí y otro para Inés.

¿Esto pasó, papá? ¿Tú recuerdas si pasó? Yo creo que sí. Si estuvieses al otro lado, podrías contestar. Si la tía Albertina no tuviese alzhéimer, podría contestar. Si algún día visitase a mamá, podría preguntárselo.

Si, si, si…

Si fuese niña de nuevo.

Si de verdad trabajase en IKEA.

Si volviese a Loira.

Si dentro de dos horas no tuviese que entrar a trabajar en el Xanadú.

Costumbres

Marina

Hoy he bajado a la calle. Me cansé de comprar por internet. Me cansé de comida fría y lasaña recalentada en el microondas. No me sentía capaz de encontrarme con la gente de mi barrio. Así que cogí el coche y conduje más de cincuenta kilómetros. Me fui a hacer la compra a Santiago. Pensé en parar en Caldas o en Padrón, pero me sentía bien conduciendo mientras escuchaba música. Cuando me di cuenta, ya estaba allí.

La compra la hice en un Mercadona. Por fastidiar un poco, ya sabes. Tú odias Mercadona. Yo odio los copos de maíz. Por decir algo. Y compré como si en casa me esperasen cincuenta personas. Cuando llegué a la caja, me di cuenta de que había comprado Cola Cao. Solo tú tomas Cola Cao. Así que le pedí a la cajera que lo retirase. Y la leche sin lactosa. Y la cerveza sin alcohol. Y un montón de cosas «sin». No se puede luchar contra las costumbres.

Me puse nerviosa y recogí la compra de la cinta. Volví a colocarlo todo en los estantes del supermercado mientras un chico muy amable me perseguía y repetía que no era necesario, que ya lo colocaban ellos.

Decididamente, no sé por qué odias este súper, Jorge. Sí, sí lo sé. Sé que no odias el súper. Me odias a mí. O no. Igual es que simplemente no me quieres. No sé si es lo mismo. Quizá es más sencillo. Quizá lo único que sucedió es que este era un matrimonio «sin» algo.

Volví una segunda vez, con el carro lleno de lasaña congelada, copos de maíz y galletas saladas.

Y aún volví una tercera vez. Para coger un bote de Cola Cao. Por si vuelves.

Después regresé llorando, los sesenta y tres kilómetros de vuelta. ¿Sabes?, estoy mejor. Mañana volveré a salir. Quizá pueda coger el alta. Volver al trabajo. Hacer la compra en el barrio. Cambiar las costumbres del desayuno. Tomar Cola Cao en lugar de café. Cero. Sin calorías. Sin ti.

Salvando a Jesús

Carmela

¡Hola, Manuel!

Vengo de colgarte el teléfono. Me has contado que te llegó un cargamento lleno de gafas. Que casi se te muere un niño de neumonía. Que has enseñado a los niños a cantar «El Miudiño». ¡Ay, Manuel, eres un demonio! ¡«El Miudiño»!

También me has dicho que han llegado nuevos voluntarios. Voy a ir a la iglesia a poner una vela para que llegue una buena chica que te haga feliz, Manuel. Para que olvides. Porque sé que necesitas olvidar, aunque nunca me hables de ella. Quizá deberías hablar con mi contestador, así serías capaz de contarme esas cosas que callas. Da igual. Yo sé siempre lo que sientes. Igual que sé que marcharte fue una muy buena decisión. Eres feliz. Se nota.

¿A quién me sales, hijo? Siempre intentando arreglar los problemas de la gente, combatiendo el sufrimiento. Curando. Yo creo que ya naciste médico. ¿Sabes de qué me estoy acordando?, de cuando, con seis años, te pusiste a gritar en misa que viniese un médico, que Jesús estaba sangrando en la cruz. ¡Ay, mi madre, qué vergüenza! Te llevé a casa de los pelos.

Y recuerdo perfectamente el domingo siguiente. Te revolvías nervioso, esperando para ir a misa. Te estoy viendo, repeinado, con la raya bien marcada a la derecha, los pantalones de los domingos, la camisa blanca y el jersey de pico azul marino. ¡Qué guapo me eras, Manuel!

Recuerdo el bulto en el bolsillo. «¿Qué llevas ahí, Manuel?» Y tú callado, mirándote la punta de los zapatos. Y tu padre a puntito de pegarte una pescozada. Te metí la mano en el bolsillo. Cuando saqué el trozo de algodón y la mercromina, no pude evitar reír. «¿Qué ibas a hacer, Manuel?» Y ahí sí, levantaste la vista de los zapatos y dijiste con orgullo: «Voy a curar a Jesús».

¡Ese es mi niño! ¿Y cómo quieres que te cuente lo que me está pasando? Los dos sabemos que es inútil que vengas.

Que no hay en el mundo suficiente mercromina.

Lleno de 95

Sara

¡Hola, Bruno!

Me pediste un recuerdo en tu correo de ayer.

Ahí va.

Cuando tenía catorce años, me enamoré de un expendedor de gasolina. Bueno, antes de que digas que enamorarse es un verbo con un significado muy profundo, que escapa a los sentimientos de una chavala de catorce años, que sepas que me enamoré de verdad. Que lo que sentí por ese expendedor es tan real como lo que siento ahora por Rubén.

Se llamaba H. Ríos. O por lo menos eso decía la chapa que llevaba en el uniforme azul marino y rojo.

Esto sucedió hace casi diez años. Imagínate. Ni Instagram. Ni Facebook. Ni Twitter. El infierno. Nunca supe cómo se llamaba, así que lo bauticé Hugo, nombre mucho más atractivo que los otros que se me ocurrían, como Humberto, Heriberto, Higinio o Héctor.

Nunca oí su voz.

Llegábamos. Apagábamos el motor. Yo salía a estirar las piernas y entraba a comprar caramelos, simplemente por la pura delicia de pasar a su lado.

«Lleno de 95», le decía.

Y él asentía y llenaba el depósito del coche de mi madre.

Nunca me contestó. Nunca oí su voz. Pero sentía que quería pasar el resto de mi vida con él. Escribí mil diarios con nuestra futura vida, en la que yo trabajaba en un banco, como papá, y Hugo llenaba los depósitos vacíos de todas mis amigas, que envidiaban mi suerte por estar casada con él.

Imaginaba cuatro hijos idénticos a ese chico, con el mismo flequillo rubio que le tapaba la parte izquierda de la cara.

No sucedió nada. Después de diez meses lo sustituyó un hombre gordo que se llamaba L. Bouzada (Luis, Lorenzo, Leopoldo, Leonardo..., quién sabe).

Nunca volví a verlo.

Me pediste un recuerdo. Y no recuerdo apenas nada. Ese flequillo rubio. Que soñaba por las noches con él y besaba mi almohada simulando que eran sus labios. Que él nunca me habló. Que yo solo le dije tres palabras en mi vida: «Lleno de 95».

Y todos esos recuerdos me hacen ver cómo he cambiado en estos años.

Me he dado cuenta de que tan solo me casaría con un expendedor de gasolina para fastidiar a mamá. De que me he excitado pensando en ese supuesto Hugo más de lo que me excito al pensar en Rubén. De que ni loca trabajaría en el banco de papá. De que no necesito que hablemos tanto, Bruno.

De que tres palabras, a veces, son suficientes.

Predestinación

Viviana

¿Sabes una cosa, papá?, a veces me da por pensar en qué punto de mi vida cambió todo. Qué instante, qué circunstancia, qué giro del destino me trajo hasta aquí, hasta el baño del Xanadú. Cómo acabé sentada en un retrete, llamando a este contestador y contándote todas estas cosas que nunca escucharás. Yo lo tengo claro. Sé exactamente por qué. Por quién.

Los azulejos del baño son de color verde azulado. Uno de cada diez, por decir un número al azar, tiene dibujada una palmera. ¿Ves?, solo pienso en tonterías: que por qué no reformaron los baños del Xanadú, que por qué trabajo (si es que esto es un trabajo) aquí y no en IKEA...

No había escapatoria. Lo sé. Ahora lo tengo claro. Sin ir más lejos, el otro día conocí a un hombre en el taller. Había llevado el coche de Roscof. Me gusta hacerle esos pequeños favores. Yo soy la que lleva aquí más años. Es un tío legal. Nos protege, no se queda más que con el veinte por ciento y nos da total libertad. Libertad, de eso hablaremos otro día.

Pues eso, que llevé el coche de Roscof al taller, y allí lo conocí. El encargado del taller. Rober. No te cuento más. Me invitó a un café para pedirme disculpas por haber tardado tanto (me había tenido esperando dos horas). Lo normal, ¿no? Esa es la vida normal de una mujer soltera de mi edad. Supongo que sí. Acepté. Salimos un día. Me llamó al siguiente. Comimos tres días después. No sé cómo, acabamos en mi casa. Me acosté con él. Era la primera vez, desde que vivo en Madrid, que me acostaba con un hombre fuera del Xanadú. Estaba nerviosa. Era casi como ser virgen. Sé que suena absurdo, pero me sentía así. Dejé que me besase. Fue agradable. Lo hicimos despacio. Sin miradas furtivas al reloj. Sin contar los minutos. Sin pelucas. Sin disfraces.

Después nos quedamos dormidos.

Cuando me desperté no estaba.

Había dejado cien euros encima de la mesilla de noche. No había caído en la cuenta de que conocía a Roscof. Quizá fue por eso.

O no.

Quizá esté escrito que tiene que ser siempre así.

Por lo menos para mí.

Etapas

Marina

Voy a contarte algo, Jorge: lo que nos está pasando es tan solo una etapa lógica de nuestras vidas.

Me sé este discurso de memoria. Es el primer sermón que les suelto a mis clientes en cuanto entran por la puerta de mi despacho: el discurso de las etapas de la vida. Son claras: el ser humano nace, crece, se casa, se reproduce, se divorcia y muere.

Vamos consumiendo esas etapas. Porque toca.

Fíjate en nosotros. Fue exactamente así. Tocó ir a la universidad. Más bien, me tocó a mí. Y aunque no era una gran estudiante y me costó siete años sacarme la carrera, hice exactamente lo que tocaba. Mientras, tú hiciste un curso de entrenador personal a distancia y comenzaste a trabajar en el gimnasio del barrio.

Tocó echarse novio. Esa etapa la recorrimos juntos, justo cuando yo comencé a trabajar de pasante en el despacho de tu tía. Tocaba ir al cine los sábados. Hacer el amor en el asiento trasero de tu Opel Corsa blanco. Tocaba ir a comer a casa de tus padres los domingos. Y dar la entrada del dúplex.

Tocaba casarnos. Y nos casamos. Y en contra de mi criterio, y para agradar a tu madre, celebramos una boda de esas que se llevan aquí, con cuatro platos de marisco, pescado y carne. Y camareros desfilando a ritmo de pasodoble. Y nos fuimos de luna de miel a Grecia. Porque tocaba.

Y tocaba tener hijos.

Y tocaba amarnos.

Y dejar de hacerlo.

Y ahora toca que me dejes.

Y pienso que nos estamos apurando demasiado en estas últimas etapas. Nos saltamos algunas. Me las salté yo. Tal vez si volvemos atrás, podremos ir más despacio. Dejar de quemar etapas. Porque yo no estoy preparada para lo que viene. Y debería estarlo. A fin de cuentas, en eso consiste mi trabajo. En gestionar divorcios en los que una parte ya ha consumido todas las etapas de la relación y la otra cree que no, mientras echa la vista atrás en busca de una oportunidad, indagando en las causas por las que todo falló.

Igual fue por lo de los niños.

Seguro que fue por eso. Nos saltamos la etapa de los niños. Pero tú siempre supiste lo que yo opinaba respecto de los niños. Nunca te mentí. Nunca generé falsas expectativas. Fue por eso. Seguro. Pero tú le darás la vuelta. Y volveremos al tema de siempre.

Al Mercadona.

Recapitulando

Carmela

¡Hola, Manuel!

Estoy pensando que una de las cosas buenas de morir es que tienes que dejarlo todo arreglado. Y no solo las cosas materiales. Y eso está bien. Hombre, bien, bien…; lo que quiero decir es que no es tan malo. Pienso en tu padre. Un día cualquiera sales de jugar tu partida de dominó y, camino de casa, caes al suelo fulminado. Pum. El corazón se para. La vida se detiene. Sin aviso. Sin angustias. «Una bendición», me decía todo el mundo en el tanatorio.

Pues yo creo que no. Creo que la oportunidad que tengo es un regalo de Dios. Ya sé que tú no crees en Dios. Y yo tampoco sé si creo mucho, aunque no me atrevo a decirlo en voz alta. Hay cosas que la gente de mi generación nunca dice en voz alta. Pero es bueno conocer lo que te depara el día de mañana. Tener tiempo para prepararse. Y bien que lo necesito. Tengo un montón de cosas que arreglar.

Lo primero, dejarte contadas muchas cosas, cosas que nunca te había contado y que creo que es necesario que sepas. Necesito que me comprendas, hijo.

También necesito hacer cosas prácticas, aunque poco importantes, como embalar mi ropa y repartirla entre los pobres. No puedo dejar ese trabajo a tus tías. O decidir qué hacer con mis joyas. Son pocas, pero me gustaría que sirviesen para algo.

Y sé que tengo que llamar al balneario de O Carballiño para decir que este año no iré a tomar las aguas. Lo que se me va a disgustar mi amiga Marisa, con los años que llevamos tomando las aguas juntas.

Y tengo que llamar a Sinda, la hermana de tu padre, e invitarla a tomar un café. Supongo que debo hacer las paces con ella. Hace años que no nos hablamos, pero era por culpa de tu padre. ¡Cómo era este Caride!

También tengo que hacer testamento. Creo que voy a ir a hablar con la vecina de enfrente para que me ayude, si es que la encuentro. Anda desaparecida. Igual está de viaje.

Y no me puedo olvidar de dejarte escrita la receta del rabo en salsa que tanto te gusta. Sabe Dios qué andarás comiendo por esos mundos.

Me gustaría hacer unos conjuntos de chaquetita, gorro y patucos para mis nietos. Esos a los que no conoceré. Rosa, azul y blanco. Nunca se sabe lo que puede venir.

Todas estas cosas quiero hacer. Y resulta que lo único que he hecho ha sido contártelo, y ya me falta el aliento. Estoy agotada.

¿Por dónde empiezo, Manuel?

Besos y maría

Sara

Sexo.

Al parecer, uno no puede pasar por el psicoanálisis (o lo que sea esto que hacemos en esta extraña combinación de contestador telefónico y correo electrónico) sin incidir en sus primeras experiencias sexuales.

Yo preferiría hablarte de por qué yo, en la época en que andaba enamoradilla de H. (Heriberto/Higinio/Hugo o quién *carallo* sabe cómo se llamaba), adoraba a mi madre, y mi padre era un modelo que seguir. ¡Eso sí que es digno de psicoanálisis!

Pero tú quieres que te hable de mi primera vez. Esto tiene mucho de voyerismo. No me siento con ganas de desnudarme así delante de ti. Mejor te cuento mi primer beso.

Mi primer beso me lo diste tú. ¿Te das cuenta? Eso es por lo que no debería tener estas conversaciones contigo. Aunque ya hace años que no andamos juntos, esos pequeños detalles pueden afectar a la imparcialidad que se le presume a un profesional.

Fue una noche de fin de año. Yo tenía catorce. Más o menos por la época en que andaba enamorada de H. Ríos. Había en casa una de esas fiestas que a mi madre tanto le gusta celebrar. Casi cien invitados. Y entre ellos, tus padres.

Robamos una botella de whisky y nos escondimos en la caseta, al lado de la piscina. Estábamos tan borrachos que no nos teníamos en pie.

Miento cuando digo que mi primer beso me lo diste tú: te lo di yo a ti. Tú me diste los cien siguientes en menos de veinte minutos. Nos besamos, nos tocamos, nos frotamos el uno contra el otro. Después fumamos una maría muy buena que te había traído un amigo tuyo de Cangas. Bueno…, eso de muy buena es un decir, porque yo lo vomité todo. Hasta las uvas.

He preferido contarte mi primer beso.

Tú quieres que te cuente mi primera vez.

Sexo.

No sé por qué la gente le da tanta importancia. El sexo está sobrevalorado. Yo no me acuerdo de mi primera vez.

Bien, eso no es del todo cierto.

Recuerdo dónde y cuándo.

No con quién.

8 de marzo

Viviana

Creo que no es humillante ser puta. Lo humillante es dar explicaciones de por qué lo eres. Porque, aunque no lo creas, hay determinados días del año en que nos convertimos en protagonistas. Por ejemplo, el 8 de marzo. No soporto el día de la Mujer. Trescientos sesenta y cuatro días de invisibilidad absoluta y, de repente, cada 8 de marzo todas las miradas se giran hacia nosotras. Generalmente una voluntaria de una ONG se planta en la puerta del Xanadú para repartir folletos que explican que hay vida más allá de la prostitución. También acostumbran regalar condones.

El pasado 8 de marzo ya exploté. Llevaba la peluca morena de pelo corto. Me acuerdo muy bien porque con esa peluca me doy un aire a Audrey Hepburn en *Sabrina*. O por lo menos eso decía Roscof. También decía que con esa peluca aparentaba menos de dieciocho (tan solo de lejos) y que íbamos a tener un problema con la trabajadora social.

La trabajadora de ese año era una mujer de cincuenta años que nos repetía que había salida. Que no teníamos por qué entrar en el Xanadú ni ofrecer nuestros cuerpos. Se le llenaba la boca con las mismas palabras de siempre: «chulos», «proxenetas», «pisos de acogida», «maltrato». Todo eso mezclado con el aroma de su chicle: fresa ácida.

Así que me tocó explicarle un par de cositas. Que Roscof es un buen tipo. Que le pago un veinte por ciento a cambio del cuarto y de protección. Que trabajo aquí porque quiero. Que en los últimos seis años he ahorrado noventa mil euros. Que paso revisiones médicas. Que nunca lo hago sin condón. Que los clientes me respetan. Que muchos son fijos. Que Roscof se ocupa de los más pesados. Después le dije que se marchase. Que se fuese a la boca del metro a hacer globos con su chicle y a repartir condones entre los adolescentes.

Y lo más importante: que fuese a convencer a los hombres que se encontrase por la calle de que hay vida más allá de las putas. Que follen con sus novias, con sus mujeres o incluso con sus perros.

Que si quieren que el 8 de marzo sea nuestro día, dejen de fastidiarnos, de señalarnos con el dedo.

Que nos dejen por un día ser solo eso.

Mujeres.

No putas.

Solo mujeres.

Yihadistas

Marina

Michelle Levallois tenía treinta y ocho años, dos gemelas, un gato persa y amigos en Pontevedra.

Entre ellos, yo. Nunca la conociste, aunque estabas harto de oírme hablar de ella. ¿Recuerdas que te conté que había venido el año pasado a la comunión de la hija de mi prima Ana? Tú andabas haciendo el Camino de Santiago con tus colegas del club de ciclismo. Yo la conocí hace muchos años, cuando éramos unas adolescentes y había venido de intercambio a casa de Ana. Desde entonces, apenas nos habíamos visto tres o cuatro veces. Nunca cumplí mi promesa de visitarla en Francia. Manteníamos contacto por correo y a través de las redes sociales. Nuestro último encuentro fue en la comunión de Antía. Nos hicimos una foto en el paseo de Sanxenxo. Y un grupo de WhatsApp con Ana, que se llamaba «Oh là là!».

Mientras el reportero del telediario habla, las imágenes del atentado de Niza se repiten una y otra vez y la cifra de muertos no deja de aumentar.

Acaba de llamarme Ana. Michelle estaba en el paseo de los Ingleses, con unas compañeras de trabajo. Un yihadista se abalanzó sobre ellas conduciendo un camión.

Eso hacen los yihadistas.

Irrumpir en tu vida y arrasar con todo a su paso.

Eso hice yo.

Yo tenía mis razones para hacer lo que hice. Y tú no las entiendes.

Ya ves. Todo se reduce a ti. A nosotros. Otra madrugada con la mirada fija en el televisor.

También pienso en Michelle. En el helado de pistacho que nos comimos apoyadas contra el muro de la playa de Silgar. En sus gemelas. Sabine y Olivia. Ella sí quería tener hijos. Su último mensaje en «Oh là là!» fue la imagen de una pechuga de pollo con un comentario debajo, «Operación biquini», y dos emoticonos de los que muestran un río de lágrimas.

Y mi primer pensamiento es que resulta casi liberador que los espacios informativos desplacen a la teletienda y a los videntes. Y me siento mal por pensarlo, y eso sí que me hace llorar. Lloro. Por ella. Y porque pienso que fui yo.

Fui yo el yihadista que apretó el botón por causas inexplicables que la gente normal no puede entender.

Y nuestro matrimonio saltó por los aires.

Café, rosquillas y una botella de Anís del Mono

Carmela

¡Hola, Manuel!

Voy a darte el parte del día. Noticias buenas: los tumores siguen estables. Noticias malas: siguen matándome.

Ya leerás los detalles. Parece ser que la cosa empezó con un tumor de mama que se extendió al pulmón y a los huesos. Y yo pensando que estos dolores eran de artritis. Y venga a frotarme con aguardiente blanco. Mejor me habría ido si me lo hubiese bebido. Pero dicen que ahora la cosa está bastante parada. A sus años, Carmela, la cosa avanza muy despacio, me ha dicho Carracedo. Y después volvió a insistir en lo del tratamiento. Ese tratamiento que me dará un «tiempecito» más. Lo dice siempre así.

En diminutivo.

Yo no quiero un tiempecito. Yo quiero un tiempo completo. Un tiempo para volver a verte. Para que me presentes a tu novia. Para ir a tu boda. Y si no te casas, me da igual. Hombre, igual, igual, no. Pero de lo que de verdad tenía ganas era de un nieto. O de una nieta. Tenía ganas de pasearlo. De darle un puré. De hacerle un arroz con leche o rosca. Todas esas cosas no caben en un tiempecito.

Así que no me voy a tratar.

Y he comenzado con todas mis tareas pendientes.

Lo primero, llamar a tu tía Sinda. No creas que no me ha costado. No la veía desde el funeral de Caride. Y no me había dado más que un pésame seco. Que llevábamos años sin hablarnos.

La llamé y le pedí que viniese a casa. Preparé un café y unas rosquillas que me quedaron para chuparse los dedos. Tengo que dejarte esta receta también. El truco está en poner el punto justo de anís. ¡Ay, el anís! Ya no recordaba lo que le gusta a tu tía Sinda.

Y menos mal. Me salvó la tarde. Porque venía con ganas de fiesta. A mí me daba igual Yo ya estoy fen, o zen o ren, o como *carallo* lo digáis los jóvenes. Vamos, que por un oído me entra y por otro me sale. Se pasó media hora diciéndome que Caride le había robado una finca cuando se murió tu abuela. Que la de al lado del arroyo debería haber quedado para ella. Que se lo habían dicho así mil veces. Y que Caride era muy listo. Que sabía que la finca que le había dado a cambio no valía ni la mitad. Y que lo que le dolía era el engaño. Hacerle eso a una hermana.

Y yo venga a darle la razón, que ya te digo que yo, a estas alturas, ya ni me acuerdo, y maldita la falta que me hace a mí una finca en Cela. Si mi madre me dejó un montón de ellas. Dinero no, pero fincas… ¡Ay, Dios mío! Si con las fincas se pagasen las carreras de los hijos, qué de sufrimientos me hubiese ahorrado. Si ni para vender sirven. Pero yo le seguí el cuento. «Que sí, Sinda. Que tienes razón. Que Caride no era ese que estaba ahí. Que tenía un genio… Que sí, mujer, tómate otra copita. No, no, tranquila, que aún es temprano. ¿Y qué querías que hiciese yo, si era mi marido? Pues no me quedaba otra que hacer lo que me mandaba. Y además…, quiero regalarte la finca.»

Y ahí sí. La maté. Se puso a llorar. «Que no, Carmela. Que esa finca es ahora de Manuel. Que ya no puedes dármela.» ¡Ay, hijo!

Como si yo no supiese que tú harás eso por mí. ¡Si es mi última voluntad! Pero nada. Lo que me costó convencerla. Una hora entera estuvo llorando. Mezclando lágrimas, anís y sollozos.

Serían las ocho cuando se fue, después de besarme y decirme que era muy buena mujer. Mejor de lo que merecía Caride. Eso ya lo sabía yo, pero lo que me gustó oírlo de otros labios.

¡Ay, hijo! Hoy no me tocaba hablar de tu padre.

Creo que también me he pasado con el anís.

Running

Sara

Pero ¿quién te crees que eres tú para juzgarme, Bruno? Por supuesto que tengo rutinas. Aunque no tenga un trabajo fijo, tengo ocupaciones. Tengo mil cosas que hacer. Vale, no es la rutina de una cajera de súper. Quiero decir que tengo margen para decidir lo que hago y lo que no. No voy a pedir disculpas por no tener necesidad de trabajar. Papá tiene dinero. No por su trabajo. Tiene dinero desde siempre. Lo tiene su familia. Yo no pedí tenerlo. Soy la única nieta de José María Viñas. No voy a hablar de dinero, es vulgar. Y que conste que eso no quiere decir que no quiera trabajar. Tan solo estoy tomándome un tiempo para decidir en qué. Acabé la carrera hace un año. ¿Qué prisa hay?

Y mientras me decido, hago cosas. Investigo. Me apunto a múltiples actividades. Soy una persona con inquietudes. Exploro. Tanto acabo en un curso de yoga como voy al club de lectura de la librería de moda. Aunque eso era antes, cuando tenía libertad para entrar y salir de casa sin dar explicaciones.

Y corro.

Eso sí que es una constante. Todos los días, nada más despertarme, me pongo unas mallas negras y una camiseta blanca. Me calzo unas zapatillas también blancas. La bicromía es importante, me produce serenidad. Odio esa tendencia actual de vestirse como un cantante de rap de los años ochenta para ir a correr. El otro día oí que el running no era más que el footing de toda la vida, pero con colores llamativos.

Odio la vulgaridad fluorescente.

Doy vueltas alrededor de la urbanización, camino, troto, subo cuestas, sudo, soplo, acelero, aminoro, desciendo, vadeo, vuelvo a acelerar, descanso, pienso, desconecto, paro, estiro, una vuelta más, o no, o sí, troto, aminoro de nuevo, bufo, inspiro, espiro, paro.

Así un día.

Otro.

Y otro más.

Dando vueltas y vueltas.

Y ahora que te lo estoy contando, me doy cuenta de que no soy más que una estúpida cobaya en su rueda, sin más ansia que girar y girar.

Sin más deseo que despertar una mañana convertida en una cajera de súper.

Silencio

Viviana

Hoy una de las Irinas rumanas me ha pedido que le enseñe a hacer huevos fritos. Como si fuese necesaria una receta o algo así para freír unos simples huevos. Yo no puedo con ellos. Me sientan mal, sobre todo de noche. Sabes que nunca he sido muy de comer, y aún menos de cenar. Recuerdo aquellas cenas, en las que tú hablabas y hablabas, sin descanso, mientras mamá servía la comida. Y lo que recuerdo mejor es que ella no hablaba. Mamá era la reina del silencio.

Siempre lo fue.

Me acuerdo de aquella cena, después de que ella me diese una bofetada y me mandase arriba para ducharme. Recuerdo esa tarde. Ojalá pudiese olvidarla. Ojalá escuchases este mensaje. Y pienso que si ahora me atrevo a contártelo, es precisamente porque sé que no lo escucharás.

Aquel día tú estabas en la ferretería. Yo había ido a buscar a Inés a su casa para intentar organizar algo para nuestra fiesta de cumpleaños. Cumplíamos dieciséis. No estaba. El tío Paco me dijo que la tía había llevado a Inés al oculista a Pontevedra.

Yo no hice nada, papá, te lo juro. Le dije que me iba, pero él me agarró fuerte por detrás. Me dijo que era una niña muy mala. Que ya era hora de que fuese buena con él. Yo no quería, papá. Tú sabes lo grande que es. Yo quería gritar, pero no pude, de verdad que no. Me tapó la boca. Me faltaba el aire, los pulmones estaban a punto de reventarme.

Cuando acabó, me dijo que me fuese a casa, que no dijese nada.

Mamá estaba en la cocina, pelando patatas. Yo me eché a llorar, y se lo conté. ¿Por qué a ella? ¿Por qué no a ti? Me cruzó la cara de una bofetada. «PUTA. No eres más que una puta», me dijo. «Yo no quería, mamá.» «Sube, lávate, y no cuentes esto jamás.»

Cenamos mientras tú hablabas y hablabas.

Había huevos fritos.

Patatas.

Y su silencio.

Mamá era la reina del silencio.

Obligaciones sinalagmáticas

Marina

«Artículo 1124 del Código Civil. La facultad de resolver las obligaciones se entiende implícita en las recíprocas, para el caso de que uno de los obligados no cumpliere lo que le incumbe.

»A partir de ahora tiene que cambiar su mente. Su pareja ya no es su pareja. Esto ya no es una relación amorosa. El matrimonio no es más que un contrato. Y yo, en su nombre, me voy a encargar de rescindir este contrato de manera que usted no pierda ningún derecho. Deje los sentimientos atrás. Tan solo es un contrato.»

Este es el discurso que va después del de las etapas de la vida. Ya he perdido la cuenta de las veces que se lo he repetido a mis clientes.

Y ahora la clienta soy yo. Y no paro de repetirme que tan solo era un contrato. Pero ahora no soy la abogada, soy la clienta. Y esto no era un contrato. Era un matrimonio, y tú has decidido acabar con él. Con motivos, vale. Pero ¿no te has parado a pensar que yo también tenía mis motivos? Quiero decir, que aun reconduciendo esto a una obligación contractual, no podemos basar la rescisión en un incumplimiento unilateral.

El matrimonio, reconducido a un contrato, si tú quieres que lo veamos así, no implica obligaciones solamente para una de las partes, incumbe a los dos. Y, según tú, yo incumplí mi obligación principal.

Te equivocas.

Mi obligación principal no era serte fiel; mi obligación principal era quererte. Y te quiero.

Y, además, tú también incumpliste tu parte. No me respetaste. No respetaste nuestro modo de vida. Pusiste por delante de nuestra relación a unos hijos hipotéticos. Hijos de mentira. Hijos tuyos. Porque no son míos. Yo nunca quise hijos. Nunca. Y tú lo sabías. Y lo aceptaste. Aceptaste respetarlo, respetarme.

Los dos estábamos obligados. La base de un matrimonio es la reciprocidad. Pero tú estás tratando nuestra relación como un simple contrato. Un contrato que hay que resolver, porque dices que yo he incumplido mi obligación. Pero no es así.

Yo no incumplí nada.

Yo tan solo me acosté con el carnicero del Mercadona.

La lista de los deseos imposibles

Carmela

¡Hola, hijo!

¡No sabes qué casualidad! Están echando en la tele una película de una mujer que se está muriendo y hace una lista de todas las cosas que quiere hacer antes. Cosas raras. Hacer el amor con otro. Buscarle una mujer a su marido. Todo muy moderno. Pero, si lo piensas bien, el otro día yo también hice algo parecido: una lista de cosas que tenía que hacer antes de morir.

Es más dolorosa la otra lista, la de las que me gustaría hacer y ya nunca haré. Cosas tontas, poco importantes. Cosas de vieja. No sé, me gustaría hacer el Camino de Santiago. Sé de quien lo ha hecho de mayor. Pero ya no. ¡A mi edad!

Y también me gustaría haber podido estudiar de joven. Siempre quise ser maestra. Y no era tonta, pero no pude. Por eso me esforcé tanto para que estudiases tú. Y eso que tu padre no estaba muy convencido. Años más tarde, él presumía de hijo, pero yo solo puedo recordar lo dura que tuve que ponerme cuando él no quería dejarte ir a estudiar a Santiago.

Y me moriré sin ir a Canarias. Cuando me casé, todo el mundo iba de luna de miel a Canarias. Yo fui a Coruña en tren. Dormimos en una pensión y volvimos al día siguiente. Así fue.

Y me gustaría volver a verte. Esto está también en la lista de deseos imposibles, aunque creo que tan imposible no es. Podría ir a una agencia de viajes, comprar un billete y coger un avión, por primera vez en mi vida. Lo que no podría sería guardar el secreto. Llegaría allí y te darías cuenta al momento de que he adelgazado un montón de kilos e insistirías en examinarme. Y yo acabaría por contártelo todo. Y estropearía todo lo que has hecho en estos meses. Así que esto tampoco lo haré.

Hay tantas cosas que me gustaría hacer…

Escuchar contigo estas grabaciones. Hacerte una empanada de maíz y berberechos. Ir contigo a la playa de Lapamán. Reñirte para que te vistas como es debido. ¡Que eres un médico! ¡Que no me puedes andar con esas pintas! Me gustaría que lloviese menos. Que en mi entierro pusiesen una canción de Ana Kiro. O la «Muiñeira de Chantada». Ya sabes lo que me gusta bailar. Me gustaría llegar a la vendimia. Que bajase el precio de la luz. Y el de las patatas. A un euro quince el kilo, que son casi doscientas pesetas. Es de locos. Me gustaría verte una vez más. Eso ya lo he dicho.

Me gustaría conformarme, te lo aseguro. Me gustaría que el médico no me diese esperanzas.

Y hoy me las ha dado.

Primeras veces

Sara

Y venga, y dale, Bruno. Estoy empezando a hartarme de esta terapia. Ya sé de qué va esto. Yo hablo y hablo, y tú me restriegas todas mis miserias por la cara. Y esto no va así, ¿sabes? Esto va de que tú me ayudes a elevar mi autoestima. Que ya sé que parezco una chica fuerte, ¡pero necesito que no me des tanta caña!

Y vuelta a empezar.

Mi primera vez.

Pues claro que recuerdo dónde fue: en la fiesta que dio Marilú cuando cumplió dieciséis años. En el chalé de verano, en San Vicente. Sus padres no estaban. Montamos la mundial. Estábamos en cuarto de la ESO. Marilú lo organizó todo sin que se enterase su madre, que creía que estábamos preparando un examen de matemáticas.

Pues claro que recuerdo cómo fue: en una hamaca de la piscina. A las cuatro de la mañana. Con la humedad del cojín calándome el vestido.

Pues claro que recuerdo cómo me sentí: confusa, borracha, drogada, fumada, mareada. Puedes buscar todos los adjetivos terminados en «ada» que te vengan a la cabeza. Porque si no te metes, no eres nadie. Si no follas, no eres nadie. Si no pruebas las pastillas que te pasan, no eres nadie. Coño, Bruno, tú ya sabes de qué va esto. No vayas a asustarte ahora.

Y por supuesto que no recuerdo con quién fue.

Ni me importa.

Y ahora te dejo, para que escribas ese bonito correo en el que me dirás que sí me importa.

Ya ves que tengo claro cómo se hace tu trabajo.

Y tú, Bruno, ¿tienes algo claro?

De mayor quiero ser

Viviana

Paula vive en el octavo C. Tiene ocho años y siempre lleva dos coletas recogidas con lazos rosas. Le gusta bailar. Cuando en su casa hay barullo, se escapa y juega en el descansillo, frente a mi puerta. Coge el móvil de su madre, pone música y finge ser bailarina profesional. Estira una pierna y se pone de puntillas. Mueve el culo que da gusto verla al ritmo de «La gozadera». Inventa pasos imposibles y hace complicadas piruetas. «Esa sí que abre las piernas», bromeo con Roscof cuando le hablo de la niña.

La madre de Paula trabaja en la frutería de la esquina. Cuando está sola (y no le queda otra que pasar muchas tardes sola, porque el sueldo de la frutería no da para pagar a nadie que la cuide), llama a mi puerta. Me gusta hablar con ella. Dos veces por semana le compro un huevo Kinder, pero no se lo contamos a su madre. Lo mantenemos en secreto porque a su madre no le gusta que hable conmigo. «No sé por qué», me dice ella. «Será para que no se te pegue mi acento gallego», le digo yo. Ya sabes que nunca fui muy buena poniendo excusas, papá.

Me gusta la adoración con que me mira. «De mayor quiero ser tan guapa como tú —dice—. Quiero ponerme una peluca, todos los días.»

A veces dejo que se las pruebe.

Me gustaría decirle que ojalá nunca tenga que esconderse debajo de una. Que está preciosa con sus coletas.

Pero lo que en realidad le digo es que falta mucho para que sea mayor. Que da igual lo que quiera hoy. Que lo importante es que trabaje en lo que de verdad le gusta. Que nunca le importe lo que le digan. Y ella dice que sí, que cuando crezca quiere trabajar en IKEA.

Como yo.

Un lunes como los de antes

Marina

Los lunes de antes eran lunes de tráfico, de atascos, de madrugones, de expedientes, de revisión de agenda, de reunión de planificación semanal.

En los lunes de ahora la única planificación me viene dada por la guía de televisión. Me da por pensar qué estaría haciendo ahora si fuese un lunes de verdad.

Estaría cepillándome los dientes (con el dentífrico que me compré en Mercadona). Al cabo de diez minutos estaría cogiendo el coche en el garaje, y al cabo de veinte estaría en un atasco en el centro. Y en treinta seguiría en el mismo atasco. El locutor hablaría de la posibilidad de una nueva convocatoria de elecciones generales. Y, harta de las mismas noticias de todos los lunes, conectaría el CD y estaría sonando de nuevo el disco de Coldplay, porque cuando fui a Santiago (al Mercadona donde no trabaja Quique), lo escuché una y otra vez, a modo de penitencia.

En un lunes de los de antes, recibiría a tres clientes y tendría un par de vistas en el juzgado. También recibiría a algún comercial. Quizá al de la compañía de seguridad. Y hablaría con mi grupo de WhatsApp del instituto para quedar para cenar el fin de semana. También llegaría tarde a clase de yoga.

En un lunes de los de antes iría al Mercadona (donde sí trabaja Quique), porque seguramente ya no quedaría leche. Ni café. Ni Cola Cao. Sin calorías.

En un lunes de los de antes, de nuevo, volvería a charlar con Quique mientras le pediría carne magra. Y pechuga de pollo. Jamón del de siempre. Sin fosfatos. Y el queso desnatado. Todo «sin». Y él me miraría como hacía meses que tú no me mirabas.

Así que ya ves. Lo tengo claro.

No pudimos evitarlo. No pude.

En un lunes de los de antes, todo volvería a pasar, de manera que el lunes de antes se convertiría en el lunes de ahora.

Y yo estaría de nuevo en este sofá, viendo un anuncio de una faja reductora que me hará perder dos tallas, pensando qué pasaría si hoy, por un milagro, fuese un lunes normal.

Cuestión de porcentajes

Carmela

¡Ay, Manuel, no sabes qué susto me he llevado! Aquí estaba yo, llamando a tu casa, mientras esperaba escuchar la voz de siempre. Esa que dice: «¡Hola, soy Manuel! Si estás escuchando esto, es que no estoy en casa. Ahora sonará un "pi". Llámame al móvil o deja tu mensaje después de la señal».

Y en lugar de eso, descolgaron. Y yo, en vez de colgar, creí que eras tú.

«¡Hijo!», grité.

«¡Señora Carmela!», contestaron.

¡Ay, Virgencita! Se me había olvidado que le habías pedido a la vecina que te regase las plantas. Pobre Fina. Seguro que cree que estoy loca. Llamando a mi hijo que está en el desierto.

Lo bueno de ser vieja es que nadie te hace mucho caso. Le conté que me había equivocado de número. Y que últimamente me pasaba a menudo. Prefiero que crean que estoy como una regadera a contar la verdad.

Y después me llamaste tú.

¡Qué mal disimulas, Manuel! ¡Qué examen encubierto me has hecho! Si me acordaba de la lista de la compra. De los números del reloj. En qué año nací. Si me acordaba del año en que naciste tú…

¡Ay, Manuel! Lo recuerdo todo. El año, el mes, la hora en que naciste. El jerseicito azul que te puse. La emoción de Caride, que llevó puros para todos sus compañeros de taller. Recuerdo que llovía. Y que dejé en el bolso unos pendientes de oro que había comprado, por si eras niña. Que sí, que quería una niña, pero hijito, la desilusión no me duró apenas nada. Te lo juro. Claro que no te contesté todo esto. Solo dije: «1970». Y, haciéndome la sorprendida, añadí: «Pero… ¿pasa algo?».

Pasa que yo tengo cáncer y tú crees que tengo alzhéimer. Pero nada, no te quedaste muy convencido. Empezaste a hablar de venir a pasar unos días. ¡Ay, Manuel, que si vienes, ya no te marchas! Te quedarás aquí para investigar con Carracedo por qué en estas semanas, sin más tratamiento que una aspirina efervescente y un chupito de aguardiente después de la comida, el tumor principal se ha reducido en un cuarenta por ciento.

Y mira, que me he puesto contenta.

Como si ese sesenta por ciento restante no siguiese ahí.

Pero sigue.

Je suis Emma

Sara

Según me indicas en tu último correo, quieres que haga cosas. Así, a lo loco, sin especificar. Imagino que te da igual que vaya al gimnasio o que haga un curso de cocina. Quieres que haga cosas. Muy profesional y concreta tu sugerencia, Bruno. Quieres que salga de casa.

Te recuerdo que no es fácil. Que Sara está loca. Sara es suicida. Sara no puede salir sola de casa. Así que lo que tienes que hacer es llamar a mi madre y decirle que deje de seguirme a todas horas. ¡Si hasta cuando salgo a correr manda a Conchita para que me vigile! Si no me acompañan ella o Rubén, es prácticamente imposible que ponga un pie en la calle.

Así que, por favor, haz una llamadita a mis padres. Necesito que me den un poquito de aire.

Me ahogo, Bruno.

Cosas. Qué sé yo. Qué te cuento. Me he comprado ropa por internet. Fui con Rubén a escoger los regalos de la lista de boda. Y he ido al club de lectura de una librería, obligada por mi madre, porque a mí me gusta leer, y es verdad, pero lo que a mí me apetece, no lo que me manda un grupo de pirados. En fin, tocaba *Madame Bovary*. ¿Quieres que te lo resuma? Habla de la estupidez.

Cuenta la historia de una mujer estúpida rodeada de una caterva de vecinos que aún lo son más. De un estúpido marido que no se da cuenta de lo que está pasando a su alrededor. Pero la que me pone mala de verdad es ella. Esa mujer que lo tiene todo, un marido bueno, cierta posición social, una hija. En fin, como dijeron allí, todo se reduce a esto: Emma Bovary no se conforma. Busca más cuando no hay nada que buscar. Quizá esa frustración es la que la lleva a tomar veneno y suicidarse. Porque Emma Bovary está programada para no ser feliz.

Al parecer hay gente así.

Cumpleaños

Viviana

Mi Irina favorita se llama Nicoleta. Lleva aquí unos tres meses y es también la favorita de muchos. Por esa misma razón, algunas compañeras no la soportan. No es fácil competir con su piel, un lienzo perfecto de blancura, tan solo rasgado por los ojos más hermosos que hayas visto jamás, de un azul profundo con centelleos dorados. Asomarse a ellos es como sentarse en el puente de Loira en una tarde de verano, de esas en las que el sol se desvanece más despacio que de costumbre. ¡Caramba, papá! Esto me ha quedado muy cursi, ¿no? Será que ando sensible. Esto para que veas que las putas también sabemos hacer poesía. Aunque esta puta en concreto lo que no sabe es cocinar. Una pena, porque estoy intentando hacerle una tarta de cumpleaños a Nicoleta.

No una tarta cualquiera. La tarta de galletas, crema y chocolate que siempre hacía la tía Albertina por mi cumpleaños y el de Inés. ¡Qué manía teníais de hacérnoslo celebrar juntas, si nos llevábamos un mes entero! Pero es que nos criasteis como a hermanas. Pienso que a mamá también le habría gustado que lo fuéramos. Estar ella casada con el tío Paco. No encuentro otra explicación. Como si la hubiese. Como si algo pudiese justificar la actitud de mamá.

No encuentro la receta. El ingrediente secreto de la tía Albertina.

Acabo de llamar a Inés. Casi no recordaba lo que era hablar por teléfono y encontrar a alguien al otro lado que no fuera esa voz metálica que precede a nuestras charlas. «El número marcado no contesta. Deje su mensaje después de la señal.»

Inés está bien. Triste por la tía Albertina. También habló de mamá. No sé qué dijo. Me concentré en el plato de mantequilla, conté hasta treinta y la corté en seco. Cómo explicarle que lo único que yo quería era el maldito ingrediente, una tarta de cumpleaños y, puestos a pedir, un cumpleaños solo para mí, una madre de verdad y una tarde sentada a la puerta de la tienda del Cachón, sin nada más que hacer que lamer un polo de limón.

¿Canela? ¿Sería canela? ¿Algún vino dulce en especial? ¿Cómo se llamaba? ¿Sansón? Inés no lo recuerda. Yo tampoco. Recuerdo otras cosas. Los ojos de su padre. El peso de su cuerpo sobre mí.

Tuve que colgar. Ellas no recuerdan nada. Deseé el alzhéimer de la tía Albertina.

Deseé volver a mi vida antes de aquella tarde.

Tiré la mezcla espesa por el retrete y me fui al Xanadú.

De camino, compré una tarta de fresas con nata.

Ya te lo dije: Nicoleta es mi favorita.

Y esta, mi vida ahora. Y lo único que me une a Loira son los ojos de una prostituta rumana y estas llamadas estériles que nunca nadie va a escuchar.

Tristicidad

Marina

Desde que te marchaste vivo instalada en una tristeza permanente. Todo es «sin».

Sin Michelle, sin bufete, sin lunes, sin atascos, sin ti.

De ahí esa oscuridad buscada. Sin más compañía que la de un televidente de madrugada. Porque he estado guardando luto por nosotros. Y mira que me he esforzado por buscar unas migajas de alegría en esta casa, pero nada. Creo que metiste en esa maleta tuya toda la felicidad que habíamos acumulado en estos siete años. Bien podrías haberte llevado el diccionario enciclopédico y haberme dejado a cambio algo por lo que mereciese la pena sonreír.

Porque ¿qué es la felicidad? En este momento, para mí cada instante de felicidad está unido a ti, la luna de miel en Grecia, los paseos nocturnos en la playa de Agia Anna, la tarta de chocolate que me hiciste en nuestro primer aniversario de boda, la docena de tulipanes que me enviaste después de nuestra primera discusión. La primera noche en este dúplex.

Todos mis recuerdos están unidos a ti. Por eso, cada recuerdo que acude a mi mente está en constante mutación. Surge el recuerdo. Por un brevísimo instante recupero esa sensación de euforia, pero al momento muta en un sentimiento agridulce, de pérdida, de ausencia. Y la primera noche en nuestra casa, esa en la que hicimos el amor en el suelo del salón, porque aún no había llegado el sofá, se borra, y es sustituida por la noche de ese domingo de hace tres meses. Mi primera noche sola en este piso. Una noche que aún no ha terminado.

¿Qué es la felicidad? Te lo digo: una hija de puta. Pasa por delante de ti y te dice: «Esto es lo que tienes. Gózalo. Retén este instante. Consérvalo en tu mente». Y después vuelve. Vuelve cuando ya te habías olvidado de ese momento. Llega la cabrona de la felicidad y se planta delante de ti para mostrarte ese instante que ya habías olvidado y que entra de golpe en tu cerebro, gritando a pleno pulmón: «Aquí lo tienes. Esto es lo que has perdido».

Y no creas que me rindo fácilmente. Me esfuerzo mucho por encontrar instantes de felicidad ajena a ti, Jorge. Y no hay tantos. Vale, los hay. No muchos, pero los hay.

Recuerdo la época en que monté el bufete con Rodrigo. La búsqueda de muebles de segunda mano con buena apariencia. La elección del rótulo de la entrada:

LIMÉNS & PEREIRA

ABOGADOS

Y de inmediato recuerdo lo bien que lo pasamos Rodrigo y yo aquel fin de semana en que pintamos los despachos. Color «gris Nueva York». Por fin un recuerdo mío. Autónomo. Propio.

Claro que no es más que un espejismo. En cuanto amago una sonrisa, acechando en mi mente se encuentra ese otro recuerdo unido, qué digo unido, totalmente ligado, a ti. Y del «gris Nueva York» paso al color arena que elegimos para nuestro dormitorio, «sunset gold». Y esa evocación me patea la boca del estómago. Otra vez la puta felicidad que se planta delante de mí y me arrebata un instante perfecto para teñirlo de tristeza.

Y así, las fronteras de la felicidad y de la tristeza se mezclan sin control, provocando un extraño sentimiento que he bautizado como «tristicidad».

Deberían incluirlo en el jodido diccionario enciclopédico.

Un ocho acostado en la muñeca

Carmela

¡Hola, Manuel!

¿Te acuerdas de lo que me decías cuando eras pequeño?

«¿Cuánto me quieres, mamá?» «Mucho.» «¿Y cuánto es mucho, mamá?» «Muchísimo.» «Yo te quiero infinito», contestabas tú. «Infinito». Como si una mujer sin estudios supiese lo que era infinito. «Infinito es un ocho acostado», me dijiste un día a la vuelta de la escuela.

Te tatuaste un infinito en la muñeca. Y yo sabía lo que eso significaba, pero te reñí, porque un hombre de bien, un médico, no puede andar tatuado como si fuese un marinero de Terra Nova. «Infinito, mamá», me contestaste. Y me diste un beso, dando por terminada mi regañina.

Infinito la querías a ella también. Lo sé. Porque tú no sabes querer de otra manera.

Yo no soy así. ¿De quién habrás heredado esa capacidad para amar sin medida, hijo? Todo lo haces por amor. A tu profesión. A tus pacientes. A mí. A ella. Infinito.

A mí no has salido, no.

Sí, ya sé que te quiero. Más que a mi vida, Manuel. Pero no creas que soy buena persona. Hay un montón de gente a la que no soporto. ¡Que sí! Mira, por ejemplo, sigo enfadada con tu tía Sinda, a pesar de que he hecho las paces con ella. Es tan quejica...

Tampoco soporto a Chus, la vecina del cuarto, que está todo el día dándole a la lengua. Hoy, sin ir más lejos, me la he encontrado en el ascensor. No me gusta nada cómo me mira. Me ha preguntado si me encontraba bien. Como adivine algo, seguro que te llega la noticia al Sáhara.

Y no me gusta nada nuestro nuevo párroco. Me parece un idiota. No dice más que tonterías. Y mira que hay curas buenos. Como Pepe, el que estaba antes. Pero se marchó a las misiones. Casi como tú.

Hay tanta gente a la que no soporto, hijo...

No. Nunca quise a tu novia. Sé que lo sabes, aunque nunca te lo dije. No sé explicarte por qué, pero esa chica era oscura. Nunca fue capaz de mirarme a los ojos. Nunca. No sé qué escondía, pero no era limpia. No era lo que merecías, Manuel.

Y nunca quise a Caride.

Y a veces lo odié.

Infinito.

Resiliencia

Sara

¡Hola, Bruno!

¡Qué bonitas palabras usáis los psicólogos! Creo que lo hacéis para justificar vuestros honorarios.

Resiliencia.

Tuve que buscarla en el diccionario. Y en la Wikipedia. Es un término físico que habla de la capacidad de la resistencia del metal. Claro que me imagino que lo que importa es su definición desde el punto de vista psicológico. «La resiliencia se define como la capacidad de los seres humanos para adaptarse positivamente a situaciones adversas.»

Dices que lo que me ha sucedido tiene que ayudarme a afrontar mi futuro con positividad. Estás partiendo de una hipótesis equivocada.

Que pasó lo que no pasó.

Imaginemos que es cierto (solo es un ejercicio especulativo). Imaginemos que no fue un accidente. Explícame por qué. Soy joven (dato objetivo). Guapa (dato subjetivo). No tengo problemas económicos. Quiero a Rubén. Rubén me quiere. Nos vamos a casar.

Revisa mi vida y explícame cuál es esa adversidad que tengo que afrontar. Explícame, si partimos del supuesto de que he intentado suicidarme, solo eso. Por qué.

Respóndeme solo a esto: ¿qué falla? ¿Qué falla en mí, Bruno? ¿Qué mecanismo oculto hace que me levante una mañana deseando morir? No tienes respuestas. No las hay. Pero por lo menos ahora me has dejado más tranquila. Ahora sé que podré afrontar esa adversidad desconocida con nuevas fuerzas.

Resiliencia.

Gilipolleces.

Cosas que ver por la ventanilla
de un autobús

Viviana

Últimamente me ha dado por ir al trabajo en autobús. No sé por qué. En el metro tardo menos de la mitad. Supongo que me gusta observar a la gente en las calles. En su hábitat natural, a la luz del día.

Me gusta clasificar a la gente.

Infelices, aburridos, expectantes, reflexivos, despreocupados, insignificantes, chulos, afortunados, apesadumbrados y apresurados. Y unos pocos, muy pocos, dichosos.

Madrid es un zoológico inmenso.

Hoy hemos estado casi veinte minutos parados por culpa de un accidente. En el autobús la gente comenzó a ponerse nerviosa. Algunos se bajaron.

Yo me quedé. En el Xanadú no se ficha. Tras la ventanilla del autobús el mundo seguía a su velocidad normal. Los niños cargaban con pesadas mochilas. Siete de cada diez consultaban el móvil mientras caminaban. Mujeres cansadas arrastraban bolsos enormes, de esos en los que cabe media vida. Bajo la marquesina, una pareja de adolescentes se besaba como solo saben hacerlo los chavales de quince años. Con hambre, con ansia de niño goloso.

Y tras la marquesina, una tienda de electrodomésticos.

Y tras el escaparate, siete televisores encendidos.

Y en el centro de la imagen, durante ocho segundos, Manuel.

Mi Manuel.

Rodrigo, su gato Milan
y el bocata de calamares de la playa de Agrelo

Marina

Hoy Rodrigo ha venido a verme y me ha obligado a salir de casa. A salir de verdad. No la chorrada esa de montarme en un coche, con un pantalón de yoga y una camiseta de publicidad de cereales para hacer la compra en Compostela.

Me obligó a ducharme, a alisarme el pelo. («Pero ¿adónde me vas con esos pelos, Marina? Estás loca si piensas que voy a ir contigo a algún sitio sin que te arregles esa melena.») Me escogió un vestido blanco. («Supercooooool. Ibiza total, Marinita.») Así que tuve que depilarme. («Un afeitadito rápido, hija, ¿cómo te has podido abandonar así.») Y maquillarme. («Más colorete, pleaaaaase.»)

E hizo más cosas: abrió las persianas, las ventanas, llenó el salón de luz. Me obligó a subir a nuestro dormitorio, tan dorado, tan jodidamente «sunset gold». Y a mirarme en el espejo. Y comprobé que mientras que todas las divorciadas parece que vienen de pasar una temporada en un campo de concentración, yo he engordado por lo menos cinco kilos. Lasaña. Copos de maíz. Festival de hidratos de carbono. Todo «con». Nada «sin».

Después fuimos a la playa con mi coche, conduciendo él, y puso la radio. («Se acabó Coldplay, Marina.») Y paseamos por la playa de

Agrelo, mientras me detallaba todos y cada uno de los patéticos divorcios de nuestros patéticos clientes.

Y me dijo que ya no soportaba más estar solo en el bufete. Ni verme convertida en una patética abogada, disfrazada de patética divorciada.

Y así siguió hasta que le pedí que dejase de emplear el adjetivo «patética» si no quería que empezase a gritar.

«Borrón y cuenta nueva, Marina. Mírate. Con tu vestido tan blanco, tan cool, tan Ibiza… Eres una gran abogada. Y no soporto más ese despacho vacío, sin ti.»

Sin ti estoy yo, Jorge. Toda mi vida es «sin», excepto en lo que a comida se refiere, por supuesto.

Y pidió un bocata de calamares («Tú no, Marina, tú una Coca-Cola Zero, sin azúcar, que tenemos que arreglar el estropicio que has hecho en estos meses») mientras me contaba todas sus novedades de golpe. Que estaba a punto de irse de viaje. Que estaba enamorado («Esta vez sí, Marina. Que te digo yo que este es el hombre de mi vida, que nunca había sentido nada igual»). Que tenía billetes de avión para Grecia («Que tú siempre me has dicho que el Egeo es lo más, Marina»). Y que Ramón, ese Ramón, policía nacional y hombre perfecto que viene siendo su nuevo novio, tiene alergia a los gatos, así que por la noche me traería a Milan en su transportín para que se quede a vivir conmigo («Que así ya verás como te animas y no estás tan sola»).

Y que se va el viernes.

Y estamos a miércoles.

Que pase mañana por el bufete, que ya me pondrá al día. Claro que primero es mejor que pase por el médico de cabecera para que me dé el alta, no vayamos a tener un problema con un inspector de trabajo.

Pues eso, Jorge. Que mañana vuelvo a trabajar.

O eso parece.

Y tengo ganas de llorar. Porque tú sabes cuánto odio los bichos. Porque Rodrigo me ha vaciado el congelador y llenado el frutero de manzanas y la nevera de verduras. Y no sé qué traje ponerme. Dudo que me entre nada. Y además, Milan ha vomitado encima de la cama y ha mordido la camiseta verde que no viniste a buscar (sí, esa que ganamos en San Patricio en un pub irlandés cuando bebíamos juntos, vivíamos juntos, pero follábamos por separado).

Pero por lo menos estoy depilada.

Y soy cool.

Muy cool.

La caja de los tesoros

Carmela

¡Hola, Manuel!

Si estás escuchando esto es que estoy muerta.

Si lo estamos escuchando juntos, nos echaremos a reír. ¡Mira qué tontería, Manuel! Pensé que me moría y te mandé un montón de mensajes sin sentido.

Pero hoy he estado con Carracedo.

El milagro de la aspirina efervescente no da más de sí.

El cáncer avanza.

Así que lo más probable es que estés en el sofá de tu casa escuchándome. Así es la vida, hijo. Levántate. Ve hacia el mueble. Abre la puerta de la derecha. ¡Ay, hijo, qué complicados estos muebles modernos, con estas puertas sin tiradores! Que me costó una barbaridad darme cuenta de que se abría empujando por el medio. Y digo yo: ¿tan difícil era comprar un mueble de los de toda la vida? Aparta esos libros. Ahí detrás.

Ahí la tienes. Una caja cuadrada de las que venden en el chino a tres euros. Un montón de fotografías. Unas cartas antiguas. La receta de rabo en salsa. Tres mil quinientos euros que saqué de vender el oro que tenía. Lo he vendido todo. Hasta las alianzas, la mía y la de tu padre. Puedes usarlos para tu ONG. Lucirán mejor allí.

Y el teléfono de Ali.

Fui a pedírselo a su prima. Tuve que contarle lo que me pasaba para que me lo diese. Sé que a ti nunca quiso dártelo.

Llámala, Manuel.

No, ella no me gustaba, pero no se trata de lo que me gusta a mí.

Ya no.

Y deja de llorar. Tú llámala.

Yo ya cuelgo.

Alarmas

Sara

Lo primero es lo primero: gracias por convencer a mis padres.

Ayer me dejaron salir sola. A estas horas seguro que ya lo sabes. Que ya te lo han contado.

Papá me devolvió la tarjeta de crédito y me dejó en el centro.

Qué felicidad. Pasear sola. Entrar en las tiendas. Probarme ropa. Comprarla, sabiendo que mucha acabará en una bolsa para regalársela a la hija de la asistenta. Conchita está como quiere conmigo. De hecho, mucha ropa ya me la compro pensando en dársela. Pero yo solo le digo que ya no me vale. A veces va con etiqueta y todo. Las dos hacemos como que no la vemos.

Me compré de todo: perfumes, barras de labios, ropa interior, ropa de running (uffff..., odio esa palabra), blanca y negra (y alguna fluorescente para la hija de Conchita), vaqueros, camisetas, libros, un sombrero muy elegante para ti (ya lo sé, nadie usa sombrero hoy en día, pero estaba allí, delante de mí, e inmediatamente pensé que tenía que comprarte un regalo).

Lo de la pulsera fue un impulso.

Ni siquiera era de oro. Era bisutería, pero de marca.

En cuanto salí corriendo comenzaron a pitar todas las alarmas. Al final de la calle me alcanzó un guardia de seguridad. Claro que imagino que eso ya te lo habrá contado papá, porque tengo tres llamadas perdidas tuyas. No te preocupes, ya sabes que esta es una ciudad pequeña.

Lo de acabar en comisaría fue casi gracioso. No habrá cargos. Papá lo ha arreglado todo, como es habitual. El comisario Peña es cliente de su banco. Al final dijimos lo de siempre.

Que fue un accidente.

Bicicletas

Viviana

Acabo de comprarme una Thermomix. Es un aparato muy apañado que sirve para hacer de todo. Desde lasaña o croquetas, hasta tartas de cumpleaños para todas las Irinas del mundo. Es cara de narices, pero ya sabes que yo no gasto nada de nada. Que ahorro y ahorro para pagar la maldita deuda. Pero es que vi una demostración en casa de una compañera del Xanadú y me entraron unas ganas locas de tener una y cocinar, cocinar y cocinar… No recuerdo haber deseado algo tanto desde que vi aquella BH roja que le trajeron los Reyes a Inés.

Deseé mucho ser ella aquel día, papá. Siempre deseé ser ella. La recuerdo, a la puerta de su casa. Montada en su bicicleta. Aprendí dos cosas ese día: que yo no iba a tener bicicleta, y que los Reyes Magos no existían.

Sé que pediste al tío Paco el dinero para comprarme esa bici, papá. Os oí discutir a mamá y a ti en la cocina. Y a ella echarte en cara que, con tu obsesión de quedarte metido en la ferretería, nunca saldríamos de pobres. Que los hombres de verdad iban al mar. Que con un sueldo de tierra nos íbamos a morir de hambre. Que había que ser muy hombre para salir al mar y ganar un sueldo de patrón, como Paco. Se oía todo, papá.

También sé que él no te lo prestó, porque al final fue Estrella, tu prima, la que lo hizo. Me compraste una bicicleta preciosa. Y rápida. Tanto que la primera vez que le eché una carrera a Inés, desde la puerta del Cachón hasta la fuente, le saqué más de cien metros. Y ese día aprendí otras dos cosas: que tú estabas orgulloso de mí y que a los hijos de los pobres también les sonríe el destino. Solo que tan pocas veces que una no se puede acostumbrar.

Pues eso, papá. Que he comprado una Thermomix.

Civilizados

Marina

Llevo toda la tarde llamándote al móvil. ¿Por qué no lo coges, Jorge? ¿Por qué? Creo que no has escuchado ni uno solo de los mensajes que te he dejado. Todas las conversaciones que tengo con esta jodida máquina son estériles. Ojalá fuese estéril yo también. Nos habríamos ahorrado muchas discusiones. Hubo un tiempo en que nos peleábamos. ¿Te acuerdas? Ahora ya no. Ahora somos educados.

No hay cojones, Jorge. No paro de decir tacos, pero es que no te entiendo. Sabes bien como fastidiarme, Jorge. Llevo un montón de semanas hablando con un contestador. Y ahora descubro que no has escuchado nada. Seguro que este mensaje tampoco lo escucharás. Porque me imagino que suena el móvil y te quedas mirando la pantalla. Marini. Así me tienes guardada. Así me llamas tú. Solo tú. Y cuando pasan los cinco tonos de rigor, suena el «piiiiiiiiii» y yo hablo desde nuestro dúplex sobre lo primero que me pasa por la cabeza. Televidentes. Lasaña. Yihadistas. Da igual. No escuchas. Nunca escuchas, Jorge.

Total, tanto me da. ¿Qué dirías si me escuchases? Seguro que nada.

Cuando llamaste esta mañana, estaba en la ducha. Salí mojada y desnuda, pensando que eras Rodrigo.

«Marini —dijiste—, tenemos que hablar. Quedamos en el bar de Lois.»

«Sí, Jorge», dije antes de colgar.

«Sí, Jorge. Sí, mi amor. ¿Por qué has tardado tanto en llamarme? Te echo tanto de menos...» Todo eso dije después de colgar.

¿Y qué pasó en el bar de Lois? Nada. Pediste un café, aunque tú nunca lo tomas. Yo pedí un Cola Cao. Y por un instante nos quedamos callados. Seguramente estábamos pensando lo mismo. Que las tazas estaban en el lado equivocado de la mesa. Que estábamos malgastando el tiempo en un inútil ejercicio de empatía.

Y casi no hablamos. Bueno, hablar, hablaste, pero para decir tonterías. Que habías empezado con un grupo de zumba nuevo por la mañana. Que te habías dejado olvidado un libro en la mesilla de noche. Que tu sobrino había dejado la carrera. Y después soltaste la frase como si nada: «Quiero el divorcio. Un divorcio civilizado, Marini».

¡Vete a la mierda, Jorge! Yo soy la puta ama de los divorcios civilizados. Los vendo envueltos en papel de celofán. Y hago un quince por ciento de descuento a los que traen a un amigo a divorciarse.

Pero no. No lo esperaba. Nosotros, no. De repente, todos mis discursos se me atascaron en la garganta. El de las etapas de la vida. El de las obligaciones recíprocas. Todo. Me quedé delante de ti con la boca llena de silencio. Y te fuiste. Y me dejaste de nuevo sola. Mientras daba vueltas a una cuchara en una taza de Cola Cao y con el convencimiento absoluto de que no habías escuchado ninguno de mis mensajes. Porque, de ser así, no estaríamos ya en este momento. El momento en que yo comienzo a preparar papeles. Esos papeles que preparo todos los días. Con otros nombres. Con otras vidas.

Ya hemos llegado hasta aquí. Hasta este punto. Aquí estamos. Pendientes de una firma. ¿Qué hago ahora, Jorge? No te preocupes, tendrás tu jodido divorcio civilizado. Pero pienso seguir llamando, dejando grabadas estas conversaciones. A ver si algún día me escuchas, coges el teléfono y empezamos a hablar. Y me lo reprochas todo. Y yo a ti.

A la mierda el civismo.

De mentiras, de verdades, de cosas que nunca se contaron pero sucedieron

Carmela

Ahora no duermo. No sé por qué. Quizá sea el ansia de exprimir más los días. Apenas cierro los ojos un par de horas y ya me despierto como si fuese de día. Y pienso. Pienso en lo que estoy haciendo. Mentir. Bueno, no sé si se le puede llamar mentir a ocultar la verdad. Tanto da, me imagino.

Quién me lo iba a decir. Yo, que nunca toleré la mentira. No, después de lo que me hizo Caride. Y ahora me muero así, rodeada de mentiras que crecen sin control, como una yedra.

«Mamá, ¿en qué andas que nunca te encuentro en casa?», me preguntas.

Y yo te miento: «Estaba en casa de tu tía». «Fui a hacer calceta a la tienda de Ana.» «Fui a pasear con una amiga.» «He ido a dar una vuelta por tu piso.» En lugar de: «Fui al oncólogo». «Me he hecho una analítica.» «Fui a vender el oro.» «He ido al médico de cabecera.» «Fui a casa de la prima de Ali, para preguntar por ella.»

Ahora entiendo por qué miente la gente: porque es fácil, y cómodo. Debí comenzar hace muchos años. Me habría ahorrado muchos disgustos.

Recuerdo cuando descubrí que Caride me había mentido. Pude callarme, pero no. Le planté cara. Le dije que no me merecía lo que me había hecho. Que yo me había casado con él. Para siempre. Así nos casábamos las mujeres antes, pero a él no le bastó. Me privó de un pedazo de mi vida. Por celos. Porque sí. Y lo negó. «No sé qué dices, Carmela. No te mentí. Olvidé darte estas cartas. Me olvidé de contártelo.» Y ese tenerme por imbécil fue lo que más me indignó. Y esa frase final: «No te mentí, tan solo no te lo conté».

Esa es la diferencia entre Caride y yo. Él me mentía por su bien, Yo miento por el tuyo. No tengo otra salida. No hay otro camino.

Ya lo ves, a esto he llegado: a otra mentira.

Te miento a ti. Me estoy mintiendo a mí misma.

No lo hago por ti, lo hago por mí. No tengo fuerzas para verte sufrir, hijo. Esa es mi única verdad. Y me está entrando miedo. No de morir, sino de que no me perdones. De que guardes dentro de ti lo que yo guardé durante todos estos años contra tu padre.

No me odies, Manuel. Quiéreme, aunque no sea infinito.

Todo eso pienso.

No es extraño que no consiga dormir.

Exilio

Sara

Llevo tres días en Sober.

Este es el castigo tras dejar a papá en evidencia delante del comisario Peña. Mamá cree que una semana con la abuela me hará olvidar ese afán de notoriedad que me dicen que me has diagnosticado.

Haz el favor de informarme de lo que dices a mis padres. Esta es una carretera de doble vía: yo confío en ti y tú en mí. Este canal de comunicación debe funcionar en los dos sentidos, pero no está sucediendo. Tienes que demostrarme que estás de mi parte. Yo te lo cuento todo. Y mientras, tú te limitas a escribir mensajes en el correo y a hablar con mis padres a mis espaldas. Creo que no eres consciente de que tu credibilidad ante ellos puede quedar seriamente comprometida si les cuento que no estoy yendo a ese despacho de asesor fiscal que tú quieres hacer pasar por la consulta de un psicólogo.

No temas, tu secreto está a salvo conmigo. Si tú hicieses lo mismo o me apoyases un poco, no estaría aquí con la abuela Aurora. ¡Afán de notoriedad! Me siento como un párvulo en el rincón de pensar.

Esto es un infierno. No me dejan bajar a Monforte, tampoco salgo a correr, los perros aquí campan sueltos sin control. Y la abuela me hace trabajar. ¡Como lo oyes! Ella se cree que no soy capaz, pero ahí le planté cara. Trabajé como la que más. Ayudé a cavar, a sembrar. Te estoy viendo en tu despacho mientras rebobinas esta grabación. Aún no sabes lo testaruda que soy. No, no me he vuelto loca. No van a poder conmigo. No les voy a demostrar lo que siento. Si hay que trabajar, trabajo. Hay algo reconfortante en el trabajo físico. Tiene que haber una explicación neurológica. No sé, debe de ser por el tema ese de las endorfinas. Además, me gusta la abuela Aurora. Creo que me entiende más que muchos. Más que tú. Más que mis padres. Las dos esperábamos más de mi madre; dice que no la entiende. Que uno no puede olvidar de dónde salió. Que mucha casa, mucha asistenta, pero que no sabe andar por la vida. Que debería recordar dónde nació. Que no sabe de dónde ha sacado esos aires de marquesa. Yo sí lo sé: de casarse con el único hijo de José María Viñas. ¡Pobre mamá!

Ni de aquí ni de allí. No está a la altura. Nunca lo está.

En fin, Bruno, te recuerdo que no tengo ningunas ganas de decirle a mi padre que esta terapia nuestra no coincide exactamente con lo que tú le estás contando.

Lo dicho.

Sácame de aquí, Bruno.

Palabras encadenadas

Viviana

La primera vez que un hombre me levantó la mano no fue en el Xanadú.

Como todo en mi vida, el primero fue el tío Paco.

Si hubieras sabido que aquel día que os dije que me había caído en su casa había sido él quien me había hecho daño, lo habrías matado. Lo sé, papá. Por eso no te lo dije.

Aquel día volvió a intentarlo. Me escapé corriendo y agarré un cuchillo de cocina. Recuerdo su expresión de incredulidad. Me lo arrancó de la mano y después me retorció el brazo y me lo colocó tras la espalda, forzándolo cada vez más hasta que sentí ese ruido, semejante a un estallido de pajas secas.

Al centro de salud me llevó mamá. Yo quería ir sola. Mamá estaba muy enfadada porque tan solo faltaban dos semanas para la selectividad. «Has sido una idiota al caerte así.» Lo dijo tan enfadada que estuve a punto de contarle la verdad. «He sido una idiota», reconocí.

Me atendió el doctor Caride.

Manuel Caride.

Mi Manuel.

Es curioso, de ese día tan solo recuerdo sus manos alrededor de mi brazo mientras colocaba la escayola.

Y su voz, tranquilizadora.

«Piensa en otra cosa. Juguemos a palabras encadenadas: estela», comenzó el.

«Lágrima.»

«Marco.»

«Cólera.»

«Rápido.»

«Dolorida.»

«Dama.»

«Maldad.»

En la octava palabra, me miró a los ojos y me preguntó qué me pasaba.

Quién me había hecho eso.

Que podía llamar a los servicios sociales.

La vecina que tiende la ropa en el patio, aunque esté lloviendo

Marina

¡Hola, Jorge!

Ya es oficial: estamos separados. «En trámites de separación.» Esa fue la frase que empleé. Como si una separación pudiese ser un simple trámite.

Te digo que es oficial porque ya lo he dicho en el patio de luces. En voz alta. Ya lo ves. Lo he comunicado al Boletín Oficial de la Comunidad de Vecinos. Tengo que ir a comprobar si lo han anunciado en el tablón del portal.

No fue intencionado. Fue Chus, la vecina del cuarto. Coincidimos mientras tendíamos la ropa. No preguntó nada, no hacía falta. Una simple ojeada a mi colada fue suficientemente esclarecedora: bragas, sujetadores, faldas, blusas, vestidos. Ni rastro de la pila de camisetas y de ropa deportiva que hasta hace unos meses colapsaban el cesto de la ropa sucia.

Miré a Chus de frente y se lo solté así, sin más: «Ahora estoy sola. Jorge y yo estamos en trámites de separación». Es una nueva estrategia. Se quedó callada. Seguramente lleva un mes hablándolo con todas las vecinas. Con su marido. La imagino en la cama antes de dormir, con el pijama de algodón de hipermercado y a punto de sumergirse en su novela de amor. Una novela de esas en las que los hombres tienen mandíbulas prominentes, torsos musculados y miradas profundas custodiadas por largas pestañas, y nunca dejan a sus mujeres.

Y Chus, esa Chus que estaba presente el día que cogiste la maleta, tendiendo la ropa, mira a su marido y le dice: «A la abogada del dúplex la ha dejado su marido. Sí, Dani, no seas tonto. ¡Claro que sabes quién es! Marina, la mujer de Jorge. Su marido es monitor de gimnasio.» Y él no se dará cuenta de quiénes somos hasta que ella le aclare que yo tengo un A3 blanco y tú una moto. Y después ella le contará nuestra historia. La que él cree conocer». «Sí, Dani. Te digo que se ha ido. La ha dejado él.»

No te miento si te digo que me produjo una satisfacción especial soltárselo así, cuando menos lo esperaba, como restregándole por las narices que sé qué está pensando. Privándola de la satisfacción de especular a mis espaldas. Retándola a que me pregunte por qué me has dejado. Seguro que cree que estás con una monitora del gimnasio. O con una alumna. También cree que me lo merezco, por estirada.

No sé si soy estirada.

Sé que no soy como ella.

Fue una buena estrategia. No dijo nada, se quedó callada. Joder, no es fácil callar a según qué gente.

«No pasa nada», le dije muy tranquila.

Pero sí que pasa. Pasa que ella tiende la ropa cuando le da la gana. Y ahora, el último recuerdo de tus últimos instantes en esta casa está unido a la imagen de Chus tendiendo una funda nórdica verde. Muy verde. Verde como uno de esos lápices Alpino que usábamos cuando éramos niños. Esos eran mis profundos pensamientos mientras me abandonabas. Recuerdo haber pensado eso. Y que iba a llover, que no debía tender la ropa. Y recuerdo el café. Y cada vez que la veo, vuelve a ser domingo. Vuelve la canción de Coldplay. Vuelves a dejarme.

«No pasa nada, Chus.» Pero sí que pasa. Ella tiene ganas de desaparecer y suelta lo primero que le pasa por la cabeza: «No tiendo la ropa. Creo que va a llover».

Y yo le contesto lo que todos sabemos: que siempre que llueve luego escampa.

Por qué me casé con Caride

Carmela

Es muy extraño hablarte de mi vida. De la vida de Carmela, que no es la vida de tu madre. Llevo años sin ser Carmela. Llevo años siendo la madre de Manuel, y la mujer de Caride.

Hubo un tiempo en que fui Carmela. Solo eso.

Hubo un tiempo en que me enamoré, como tú de esa chica. Recuerdo lo que sentía. El corazón latiendo en las yemas de los dedos, la boca seca. Ese no dormir, no comer. Ese vivir esperando. Ese esperar sin vivir.

Pienso que soy afortunada por tener esos recuerdos. Por haber conocido el amor. Aunque tan solo fuese una vez en la vida.

Después llegó Caride, y me casé con él.

¿Por qué me casé con él?

Porque yo tenía veinte años. Una anciana, al menos en aquellos tiempos. Aún puedo oír a mi madre diciendo que ya nadie iba a querer casarse conmigo. Me dio una bofetada y me dijo: «Tú ya no esperas más. No esperas a nadie».

Caride era un viejo conocido de la familia. Y tenía trabajo. Y no era mal parecido. Y estaba enamorado de mí, o eso decía él.

Y así fue como dejé de ser yo.

Y pasé a ser la mujer de Caride.

Y tu madre.

Y solo por eso valió la pena.

Psicoanálisis

Sara

Una vez, en la Sagrada Familia de Barcelona, tuve un ataque de pánico. No sé si ese es el término médico exacto. El caso es que cuando tuve que bajar aquella escalera de caracol, las piernas se me paralizaron totalmente. Lo siguiente fue que me faltó el aire.

Detrás de mí iba una psicóloga argentina. Como en las películas, que siempre aparece el psicoanalista al rescate.

«Respirá, vos respirá, linda. Pensá en algo tranquilo. Algo que haga que sonrías. Calmate.»

Aquella mujer de pelo rizado y gafas de montura metálica apoyaba su mano en mi hombro mientras murmuraba palabras narcóticas: «Respirá. Vos respirá, linda. Relajaaaaaaaaate».

Todos deberíamos llevar un psicólogo, argentino o no, pegado a la espalda. Hay situaciones en la vida que no las puede afrontar uno solo. Una escalera helicoidal. Una boda.

Esta noche he soñado que estaba bajando por esa escalera. Y que la voz que oía detrás era la de Rubén. «Tranquila, Sara. Yo estoy aquí.» Pero cuando me daba la vuelta, no había nada ni nadie. Solo piedra ascendiendo hasta el infinito.

Me desperté gritando.

¿Y si es verdad? ¿Y si Rubén dice que me quiere pero no es suficiente? ¿Y si se harta de hacerme de colchón y de acompañarme en esta caída libre?

Estoy fatal, Bruno. Lo único que quiero es salir. Conseguir dos, cuatro, seis cajas de Alprazolam.

Solo quiero dormir en esta vida, que es una pesadilla continua. Otra vez.

Vale. Tenías razón.

No fue un accidente.

Cosas que nunca te dije y deberías saber

Viviana

Hay un montón de cosas que nunca te dije, papá.

Que mamá no merecía ese amor que siempre le diste.

Que el tío Paco me violó cuando tenía dieciséis años.

Que la deuda con el tío Paco la pagué yo.

Que aún la estoy pagando.

Que cada euro que gano lo destino a pagarle a ese hijo de puta. Sí, papá. ¿Nunca te dio por pensar por qué el hombre que no fue capaz de prestarte dinero para una bicicleta te prestó esa cantidad para salvar tu ferretería y nuestra casa? ¿No te extrañó? Nunca daba puntada sin hilo.

Amenazó con dejarte sin nada, con echarnos de casa y quedarse con el negocio si no me acostaba con él. Cien mil euros. ¿Cómo pudiste endeudarte así, papá?

Ojalá le hubiese clavado ese cuchillo en el estómago cuando tenía dieciocho años.

Cometió el error de creer que yo me conformaría. Que no buscaría una solución. No, no me acosté con él, pero a cambio me acuesto con todos. Me acostaría con el mismísimo diablo antes de dejar que vuelva a ponerme una mano encima. Así que soy yo la que paga esa residencia donde mamá convive con sus silencios cómplices. Y tú nunca llegaste a saber que no fue la lotería la que pagó tu deuda. Fue un préstamo que negocié con el director de la sucursal de la Caja de Ahorros de Marín. No te contaré cómo.

Y a pesar de todo esto, soy feliz. Tengo que repetírmelo cada minuto, papá. Tengo que encontrarle sentido a esto que hago. Tengo que echar una ojeada a mi alrededor buscando luces.

Soy feliz.

Con Roscof.

Con las Irinas.

Con Paulita, la del octavo C.

Con ese vídeo de ocho segundos que he descargado de la web de RTVE.

Diego, el gato Milan y un té con hielo en la plaza de la Herrería

Marina

No soporto al gato Milan.

Se pasa el día entero en el sofá con la mirada perdida y sin probar bocado. Pienso que se parece sospechosamente a mí, hace un mes. Casi me entran ganas de calentarle una lasaña en el microondas, pero como hoy estoy en plan «sin», tan solo tengo manzanas, pechuga de pavo (comprada en el Gadis) y pan integral tostado. De todas formas, la cosa iba relativamente bien hasta hoy. Ya había aprendido el camino hasta la caja de arena. Y hacía dos días que había dejado de vomitar. Pero ayer, al anochecer, comenzó a emitir un maullido quejoso que estuvo a punto de volverme loca. No paró. Doce horas seguidas. No pude pegar ojo. Hasta lo grabé con el móvil y se lo mandé a Rodrigo. Eso fue mezquino. Sabía que estaba interfiriendo en su particular luna de miel. Lo hice a propósito. Porque ese era nuestro viaje. Grecia era nuestra, Jorge. Y ahora es Rodrigo el que se pasea por las calles de Naxos, de la mano de Ramón, superpolicía nacional, mientras yo limpio el vómito de este gato estúpido con nombre de goma de borrar.

Rodrigo ni se molestó en contestarme, tan solo me mandó el contacto de su veterinario. No sé qué escuchó él en ese maullido, que le hizo pensar que Milan estaba enfermo, pero, por si acaso, llamé a la consulta del veterinario y pedí cita.

Así que, al salir del bufete, llevé a Milan a su veterinario. Y se lo conté todo. Que Milan estaba nostálgico. Que no podía vivir sin Rodrigo. Que era incapaz de hacer vida normal. Que lo único que hacía era estar tirado en un sofá, con la mirada perdida. Que su ausencia lo paralizaba por completo. Que odiaba su nueva vida. Que echaba de menos su presencia. Su mano revolviéndole el pelo. Las comidas compartidas. El sonido de su voz.

«Así se siente Milan», dije.

Y el veterinario asintió. Me acercó una caja de kleenex. Auscultó a Milan y me dijo que hiciera unos pequeños cambios en su dieta.

También me dijo que se llamaba Diego. Que era amigo de la hermana de Rodrigo. Que Milan no tenía nada que no se curase con el tiempo. «Morriña», dijo. Y que salía al cabo de media hora. Que tomábamos un café si lo esperaba.

Yo dije que sí.

Pero pedí té.

De soledades, mascotas y mujeres que no pueden dormir

Carmela

Sigo sin dormir.

Y no soy la única. Creo que la vecina tampoco duerme. Y no es de extrañar: ahora tiene un gato. Llevo días oyéndolo, pero lo de esta noche no ha sido normal.

Debe de andar muy mal la muchacha esta. Recuerdo que cuando votamos en la comunidad de vecinos si se podía tener mascotas o no, ella votó que no, muy firme. Y se enfadó mucho cuando ganó el sí. La estoy viendo, leyendo como una loca una ley que llevaba en una carpeta. Y digo yo: si es abogada, debería sabérselas de memoria, ¿no? No se quedó muy conforme.

Y ahora esto.

Claro que eso fue antes de estar sola. Porque lo está. Al marido no se le ve. Ya sé que estás pensando que me meto donde no me llaman. Pero es que me lo ha contado Chus. Y esa Chus siempre lo sabe todo. Y me da pena. Es una chica muy amable. Algo seria, pero muy educada. Estudiada. Y nada presumida. Es una pena. La gente ahora se casa por casarse, y a la mínima, se separan. Por lo menos no tienen hijos. Si tuviesen hijos, seguro que aguantaban un poquito más. Igual no pueden. Debe de ser eso, que no pueden. Pobrecita.

Pero aquí hay algo raro. Lo del gato. Lo del gato no acaba de encajarme.

Me dan ganas de llamar a su puerta y consolarla. Decirle: «Ya sé que te ha dejado tu marido. Lo sabemos todos, desde la entreplanta hasta el ático». Y después podría decirle que eso no es tan malo.

Que lo malo es tener metástasis en el pulmón y en los huesos.

Que lo malo es no volver a ver a tu hijo. Eso sí que es malo.

Y fui hasta allí, hijo. Fui a su puerta. Y estuve a punto de llamar al timbre, pero me di la vuelta. Mañana le diré algo, cualquier cosa. Que me muero. Que me haga el testamento. Que le cuido el gato. Que ojalá a mí me hubiese dejado Caride.

Home Sweet Home

Sara

«¿Por qué te casas?», me preguntas en cada correo.

¿Por qué no?

Supongo que es una opción como otra cualquiera.

Repaso tu teoría del correo electrónico de ayer.

Dices que, a pesar de estar convencida, no estoy enamorada de Rubén. Y que, en mi interior, tan solo estoy tratando de reproducir mi modelo familiar. En concreto dices, y voy a leértelo palabra por palabra para que veas lo irracional que suena así, en voz alta: «Continuamente rechazas el modelo de vida de tus padres y cuestionas el modelo familiar y la educación que te han dado, pero estarás de acuerdo conmigo, Sara, en que tu boda con Rubén delata un claro deseo de reproducir tu patrón familiar a pequeña escala. Rubén es casi una réplica exacta de tu padre. Licenciado en Económicas y con un prometedor futuro en una empresa de inversiones financieras. Os habéis comprado un chalé en una urbanización, muy semejante al de tu familia. Está claro que quieres copiar ese ideal que, en tu subconsciente, representa la vida de tus padres. Aunque tu consciente lo niegue una y otra vez...».

¡Joder, Bruno, estás que te sales!

Muy bien.

Comienzo por el final

No pretendo emular nada. La vida de mis padres es un infierno. Están a punto de divorciarse. De hecho, ya están con los trámites. Apenas se dirigen la palabra y, si lo hacen, es para discutir. El divorcio se hará efectivo después de la boda. No vaya a ser que la gente hable. Sus mayores preocupaciones, teniendo en cuenta que mi custodia no es un problema, se centran en repartir sus bienes. Mamá se muere por la casa de Sanxenxo y por el apartamento de Santiago. Papá solo cede con el de Santiago. Parece que la lucha por la casa de la playa va a terminar en sangre. Papá no quiere que ella se quede con el Porsche Cayenne. Ella insiste en que fue un regalo de cumpleaños.

Esas son las únicas conversaciones que se oyen en este hogar familiar, que al parecer es el modelo que quiero reproducir.

Pero todavía hay algo más alucinante.

Que a estas alturas, y después de todas estas conversaciones, no tengas claro algo que es incuestionable: que estoy enamorada de Rubén.

Paraguas

Viviana

Yo soy mucho de estadísticas. Ocho de cada diez de nuestros clientes están casados. Dos de cada diez no son capaces de rematar la faena. La mitad de las Irinas nunca vuelve a ver a su familia. Nueve de cada diez tipos se olvidan el paraguas en el Xanadú.

No me digas, papá, que no es un dato curioso. Y nunca vuelven a buscarlo, aunque llueva. Parece una tontería, pero no lo es. Dice mucho de ellos. Vienen eufóricos, como el ciclista que encara la subida a un puerto de montaña. Y una vez que alcanzan la cumbre, huyen hacia abajo como alma que lleva el diablo. Sin mirar atrás. Hasta que pasa un tiempo y vuelven.

Siempre regresan.

Lo cierto es que tengo la casa llena de paraguas. Roscof no soporta ver ese montón de paraguas abarrotando la entrada del Xanadú y se los regala al primero que pasa.

Paraguas negros y grises. Fundamentalmente lisos, o con pequeños dibujos geométricos. Discretos y masculinos.

Así que, no sé por qué, hoy, que llovía con fuerza, he salido a la calle sin nada. Y eso que en el telediario habían anunciado una gran tormenta de verano. Pero nada, lo olvidé. No sé dónde tengo la cabeza, papá.

Y no pasó nada.

Pero pasó todo.

Me empapé entera. Me llené de agua. Metí los pies en los charcos y temblé de frío. Pero no di media vuelta. Caminé entre docenas de paraguas de todos los colores. Abandoné las calles. Entré en el Retiro y corrí. Corrí como cuando era niña, como si estuviese echando una carrera con Inés. Como corrimos Manuel y yo al salir del cine el día de nuestra primera cita. El día que me besó por primera vez.

Y lloré de alegría, papá, porque el agua me caló y me recordó que estoy viva.

Porque me sentí limpia.

Purificada.

Creo que me he resfriado.

Roscof me va a matar.

Culpabilidad y sardinas

Marina

¡Hola, Jorge!

Creo que estás escuchando estos mensajes. O quizá no. Quizá alguien me vio en la plaza de la Herrería con el veterinario mientras tomaba un té que debería haber sido un café. Porque ya no puedo tomar café. Me recuerda demasiado a ti.

Esa es la única explicación que puedo encontrar al hecho de que me llamases ayer a las doce de la noche. Claro que no oí el teléfono. Tengo que dormir con tapones porque no soporto el constante maullido de este estúpido gato.

En cuanto me desperté, allí estaba el mensaje, pestañeando. Llamada perdida de «AA Jorge».

Tengo que cambiar la manera en que te tengo guardado en el móvil. Ya no eres mi «AA». «AA» es la persona a la que deben llamar cuando te pasa algo. Tu persona de referencia. Tú ya no eres mi persona. Ese es el problema: que no tengo persona. Tengo un socio de viaje con su novio. Tengo un montón de amigas con las que solo hablo por WhatsApp. Tengo un gato estúpido con morriña.

Así que lo he cambiado. Ahora eres solo «Jorge». Y me he dado cuenta de que yo nunca fui «AA Marini». Solo fui «Marini». Quizá si hubiese accedido a tener a ese hijo imaginario tuyo, nunca nuestro, tú hubieras cedido y guardado mi nombre con una doble A delante.

Pero no. Yo nunca quise eso. No te mentía. Nunca quise ese hijo. Quise lo que siempre había tenido. Un dúplex en Pontevedra. Un despacho con Rodrigo. Un viaje a Grecia contigo. Mil viajes más. Ni siquiera te mentí cuando me acosté con Quique. Sucedió y te lo conté. Porque yo sabía que, si no lo hacía, acabarías sabiéndolo de todas formas. Porque siempre te lo contaba todo. Porque tú eras mi persona «AA». Y ahora no hago más que pensar que si no te lo hubiese dicho, estarías aquí conmigo. Y yo no me sentiría culpable por tomar un té helado con otro hombre.

Pero me siento culpable.

No porque me guste Diego ni nada de eso, sino porque durante dos horas no pensé en ti. Ni por un segundo. Ni un instante. Estuve dos horas hablando con un hombre. Y me reí, me reí mucho. Y justo después de eso, me llamas. Creo que eres como el gato Milan, que ni duerme ni deja dormir. Igual solo fue una casualidad. Tal vez solo querías saber cómo van los trámites de nuestro divorcio civilizado.

¿Pues sabes qué?, que no te voy a llamar. Me refiero a que no te voy a llamar a una hora en que puedas cogerme el móvil. A partir de ahora te llamo así, como ahora, mientras estés en clase de zumba, o de cardio. Y no pienso cogerte el teléfono. Deja un mensaje en mi contestador, como hago yo. O ven a buscarme al bufete.

Por cierto, no pienses que esta tontería que tengo encima no se cura. Hasta el gato es capaz de olvidar. Hoy Carmela, la vecina de enfrente, ha llamado a mi puerta y me ha traído dos sardinas. («¡Ay, hijita, que este gato lo que tiene es hambre! ¿Cuándo se ha visto que un gato coma pienso, como si fuese una gallina?») Y Milan lleva dos horas callado. Parece que no era morriña: era hambre.

Igual lo mío también. Lo comprobaré mañana.

Diego me ha invitado a cenar.

Confesiones

Carmela

¡Hola, hijo!

Hoy he ido a la iglesia. Tengo que hacer las paces. Con Dios no. Conmigo. Llevo enfadada mucho tiempo. He estado una hora confesándome. Lo he confesado todo. El cura no me ha entendido. Le cambió la cara en cuanto le dije que me estaba muriendo. ¿Ves?, por eso no puedo andar diciéndole a la gente que me muero. No soporto dar pena. Y después empezó con el sermón de la otra vida. Y cómo decirle que a mí la vida que me importa es esta, la que dejo aquí.

Por momentos pienso que no he hecho gran cosa en esta vida. No he sido más que la mujer de Caride. Y tu madre. Y cuando muera y pase un tiempo (un tiempecito, como dice mi médico), ya no quedará nada de mí. Mi paso por esta vida quedará en nada. Porque yo nunca he hecho nada extraordinario, más que vivir y dejar pasar la vida. Y qué pronto pasó.

¿Qué más le he confesado a ese cura? Que nunca quise a Caride. Que me esforcé. De verdad, hijo. Es duro decirte esto. A fin de cuentas, es tu padre. Pero es que no sabía querer. Hay gente que no sabe. Querer, quería, pero se quería a sí mismo. Más que a nadie en el mundo. ¿Qué comíamos los domingos? Lo que él quería. ¿Qué se veía en la televisión? Lo que él quería. ¿Qué nombre te pusimos? El que él quiso. Que a mí me gustaba Alejandro, como mi padre. «No. Manuel como yo.» Y Manuel fue.

Pues no lo quise, no. Me casé con él, como él quería, pero eso es todo lo que consiguió. Eso y que aborreciese el conejo. Todos los domingos conejo guisado. No lo he vuelto a probar.

Todo eso le he contado al cura. Me duele más contártelo a ti. Así que aquí estoy ahora, rezando el rosario. Parece ser que esta es mi penitencia. Como si no fuese suficiente con el *carallo* del cáncer.

Besos sin maría

Sara

Qué mal te sienta beber, Bruno.

Estoy empezando a pensar que esta terapia no me va a curar a mí (si es que hay algo que curar), pero sí va a acabar por volverte loco a ti.

Loco. Loco por mí, me dijiste ayer cuando te presentaste en mi casa. Borracho. Yo estaba en el jardín, a puntito de salir a correr, preguntándome si sería muy tarde, porque había anochecido y apenas se veía nada.

No sé ni cómo entraste. Por la puerta del jardín trasero, imagino. Nunca ha cerrado muy bien.

¿Cómo entraste? ¿Me lo contarás en el correo de mañana? Quizá la pregunta adecuada no sea esa. Tal vez la pregunta adecuada sea: ¿habrá un correo mañana?

Por si acaso no te acuerdas de nada, o a estas horas estés pensando que todo fue un sueño, te lo voy a confirmar. Ayer entraste en mi jardín (queda por aclarar cómo) y viniste directo hacia mí. Me besaste. Como si fuera fin de año. Fin del mundo.

Me besaste, nos besamos, te besé, me dejé besar, dejaste que te besase. Besos, labios, lengua, saliva. Todo uno. Más de cinco minutos reduciendo nuestra existencia a eso.

Es delicioso besarse. Ya casi no recordaba lo que se siente con esa simple acción. Besos. Sin más. Sin esperar sexo, sin anhelar más que unir los labios. Sin ansiar más que una boca ajena en la propia.

«Te quiero», dijiste, y yo salí corriendo. Porque, aunque era de noche y no se veía bien, me apeteció de repente.

Tú no me quieres, Bruno. Estabas borracho. Y esta terapia te está confundiendo. Recuerda lo más importante: que yo quiero a Rubén. A ver si escuchas lo que te digo, que bien que te paga mi padre para que lo hagas.

Gallegos

Viviana

Dicen que da igual el punto del planeta donde te encuentres: siempre encontrarás un gallego.

Ayer, vino uno al Xanadú. Era un tipo de unos cuarenta años que estaba aquí con su empresa china para cerrar un negocio. La empresa era de China, y me dijo que vivía en Pekín, pero yo le noté el acento de las Rías Bajas al momento.

Era de Combarro. Y así, por las buenas, nos pusimos a charlar. Le salía la morriña por los ojos. En este viaje no le iba a dar tiempo de ir a Galicia.

«Y tú, ¿no tienes morriña?», me preguntó.

Claro que tengo. La morriña va siempre con nosotros, papá. Lo que pasa es que no es tan fácil volver. Algunos, como él, tienen difícil salvar la distancia. Otros, como yo, ni lo intentamos, porque lo que ansiamos es otra Galicia. La que dejamos atrás, la que debía haber sido y no fue, la que nunca llegó a ser. Echamos de menos otra vida.

Saqué del armario una botella de aguardiente de hierbas de hipermercado, y brindamos por todos nuestros recuerdos. Por los hórreos de Combarro, por la puesta de sol tras el almacén de Loira, por la frialdad del agua de la ría. Por la lluvia menuda que cala hasta el fondo.

Cuando acabamos, le devolví el dinero. La ocasión merecía la pena. A esa ronda tenía que invitar yo.

Dejé que me besase mientras enredaba sus manos en los rizos pelirrojos de mi peluca.

Cuando llegué a casa, saqué por internet un billete de avión.

Madrid-Vigo.

Más sardinas

Marina

¡Hola, Jorge!

Creo que voy a contarte todas las cosas que querría que supieses si me muriera mañana. Por ejemplo:

- Los divorcios nunca son civilizados. El matrimonio no es un contrato. No es cierto lo de las etapas de la vida: nunca se está preparado para pasar a la etapa siguiente. Llevo años mintiéndole a mis clientes.
- No sé qué está equivocado dentro de mí, pero no quiero hijos. Ya sé que esto te lo he dicho muchísimas veces, pero nunca te aclaré el porqué de esta obsesión. Fue por miedo. Tenía miedo a perderte, a que dejases de quererme, a que otra persona ocupase mi lugar. Tenía miedo de dejar de ser yo para diluirme en otra persona, pasar a ser simplemente la madre de un niño. Y tuve miedo de que no fueses el hombre de quien me enamoré. El hombre del que me enamoré respetaba mis decisiones. Te eché un pulso. Perdí.
- Me acosté con Quique porque él lo deseaba. Y yo también. Nosotros llevábamos cuarenta y dos días sin sexo. Cuarenta y dos días en los que cuando te metías en la cama, cogías el

Sportlife y me ignorabas educadamente. Y tu silencio gritaba: «Si no quieres niños, yo no te quiero». Me echaste un pulso. Perdiste.

— No estaba ni estoy enamorada de Quique, pero me gustó acostarme con él, sentirme deseada. Lo hicimos en su casa. Tres veces seguidas. Hasta que me dolió el sexo, mientras cerraba los ojos y visualizaba la puta portada del *Sportlife* de mayo. Y ojalá estés escuchando esto. Y cuelgues. Y vuelvas. Y follemos hasta hartarnos en nuestro dormitorio, tan «sunset gold». Y puestos a decir la verdad, no soporto ese color. Yo quería un gris hielo, tres tonos más claro que el «gris Nueva York» de mi despacho.

— El sexo con Quique fue lo único satisfactorio de este asunto. Lo demás no valió la pena. La culpa, el remordimiento, el divorcio civilizado, la mirada de Chus la del cuarto, los tres meses de lasaña. Todo lo que vino después no mereció la pena. Pero lo peor de todo fue la conciencia de que no me equivocaba, nunca me amaste lo suficiente. Le eché un pulso a esta relación. Ambos perdimos.

Y ahora estarás preguntándote por qué te cuento todo esto. Pues porque Carmela, la vecina de enfrente, ha venido a contarme que se está muriendo. Bueno, no vino a decirme exactamente eso: vino a pedirme que le hiciese un testamento, porque sabe que soy abogada. Y de paso me ha dicho más cosas: que se morirá pronto y que Manuel, su hijo, no sabe nada. Pero lo sabrá, en cuanto vuelva del Sáhara, porque le está dejando mensajes en su contestador (ya ves que se trata de una práctica común). Me ha dicho también que le gustaría dejarle a su hermana Dorinda una finca que lindaba con la de ella. Que le había comprado a Milan más sardinas esta mañana en la plaza. Y que si no me importaba que Milan se quede en su casa unos días, porque últimamente se sentía algo sola. Todo eso me ha dicho.

Pienso que me gustaría ofrecerle consuelo. Tan solo puedo dejarle al gato Milan. Y prometerle que la acompañaré a ver a un notario amigo mío para hacer el testamento.

No sabe cuánto la entiendo. Una no se puede despedir sin decir toda la verdad.

Aunque sea a través de un contestador.

Compañía

Carmela

¡Hola, hijo!

Ya no estoy sola. Tengo un gato. Y un trabajo. Y una persona a la que contarle lo que me pasa. Y todo en cuarenta y ocho horas.

Empiezo por el principio: el trabajo.

Resulta que Pepe, el cura anterior (ya sabes, el que se marchó a las misiones), dejó muy bien organizada la parroquia. La catequesis, la escuela para adultos, las clases de guitarra y el comedor social.

Así que he pensado que media docena de rosarios serían suficiente penitencia para el cura nuevo, pero que antes de morirme, yo bien podía ir a ayudar. Y con la misma, volví a la iglesia y pedí que me apuntasen como voluntaria. De cualquier cosa, tanto me daba. Cocinar, fregar, poner las mesas. Con lo bien que cocino, aunque está mal que lo diga yo. Así que empiezo mañana. Y de la ilusión, casi ni me duelen las rodillas, que últimamente me estaban torturando.

Además, fui a casa de Marina. ¡Pobrecita! Al final acerté en todo.

La ha dejado su marido.

Tiene un gato.

No puede ni verlo.

Está mucho peor que yo.

Y ahí me ves. Consolándola. Contándole todo lo mío. Todito: lo del cáncer, lo de los tres meses. ¡Ay! Acabo de darme cuenta de que no te había dicho lo de los tres meses. Pues nada, que le pedí a Carracedo que me dijese cuánto me quedaba. Y me dio largas y largas, hasta que le corté y le solté: «Oiga usted, un respeto a estas canas. Déjese de tonterías y dígame la verdad, que tengo mucho que arreglar y solo le estoy pidiendo la verdad».

Y, pobrecito, me dijo que tres meses. Arriba o abajo.

Así que a la vendimia llegaré.

Pues lo de los tres meses también se lo conté a Marina. Más que nada para que vea que lo que le pasa tiene arreglo, no como lo mío.

Además, le conté lo del contestador y me dijo que me entendía. Seguro que ella también está hablando con su marido. O con el teléfono de la esperanza. Ni siquiera sé si eso existe.

Fue una tarde muy bonita. Merendamos en su cocina. ¿Y sabes qué?, creo que le di pena, pero al mismo tiempo me hizo sentir bien. Me entendió. Entendió mi necesidad de contártelo todo. Hablamos un poco de todo. De la vida. De la muerte. De lo que me hizo Caride. De Vicente. Del testamento. También hablamos de Chus la del cuarto. A este paso, voy a tener que ir otra vez a confesarme.

Y de repente, me iluminé: igual fue el Espíritu Santo. Le pedí el gato, porque estoy segurísima de que ella no lo soporta. Y mira que me hace a mí falta ocuparme de alguien.

Así que hoy estoy feliz. Tengo una amiga. Un gato. Sigo teniendo cáncer. Pero hoy me da igual.

Besos, hijo. Y abrígate, que seguro que ahí por la noche refresca.

Ni que Pontevedra fuese Nueva York

Sara

Eso sí que no, Bruno. No me jodas.

Sigo esperando tu correo. Ha pasado una semana.

Esto es un ultimátum.

Si no me contestas, le cuento todo a mi padre.

A Rubén.

Al Colegio Oficial de Psicólogos.

A tu novia.

¿Acaso te creías que no sabía lo de tu novia? Claro que lo sé.

Recuerda, Bruno, que esto es Pontevedra.

Haz tu trabajo y escribe el puto correo.

Abigaíl

Viviana

A mí, tan amante de las estadísticas, al ver un cliente entrar por la puerta me gusta adivinar si se rendirá a los encantos de las sudamericanas o si, al contrario, buscará la pálida fragilidad de una de las Irinas.

Ganan las del Este. Seis a cuatro, aproximadamente. Abigaíl dice que esto es así porque los españoles están hartos de las curvas de sus mujeres.

Abigaíl es una mujer de los pies a la cabeza, con un paréntesis que empieza bajo el ombligo y acaba al comienzo de sus descomunales piernas. Cuando uno la mira, parece rezumar sexo por los cuatro costados. «Nasidita para amar, mi viiiiiiiida.» Siempre arrastra las vocales de las últimas palabras de sus frases. «Hola, mi amooooooor. Abigaíl sí que la sabe chupaaaaaaaaaaaar.»

Ella dice que es puta por vocación. La única de todo el Xanadú que lo hace porque sí, porque le gusta. Que aunque le tocase una Primitiva, seguiría yendo noche tras noche al trabajo, ya que allí todo el mundo sabe lo que es y no tiene que esconderse ni dar explicaciones. Cumpliendo siempre las expectativas.

Parece ser que la vida es cuestión de eso: de cumplir las expectativas.

Después de acabar la selectividad, quise estudiar Empresariales en Santiago, y terminé haciendo una FP en Marín, para acabar trabajando en un prostíbulo de la capital.

Abigaíl soñaba con salir de Cuba, ponerse tetas y acostarse con todos los hombres que pudiese hasta que el cuerpo aguantase. Y aquí está.

Así que ella es más afortunada que yo.

Cuestión de expectativas.

Yo le tiro de la lengua, papá. Porque, en el fondo, podemos estar agradecidas a Roscof por ser un tipo legal de verdad, y podemos repetir hasta la saciedad que estamos aquí porque queremos. Porque se nos llena la boca hablando de nuestra libertad como mujeres, que la tenemos, que hacemos lo que nos da la real gana, con quien nos da la gana. Pero no; en realidad, no queremos esto. Una no pone «puta» en los formularios de la tarjeta de crédito. Por algo será.

Por eso sé que cuando le pregunto a Abigaíl si es feliz aquí, ella no dice la verdad: responde con un simple «sí».

Creo que faltan muchas íes en esa simple afirmación.

Llamadas a medianoche

Marina

Está bien, ya lo tengo claro. Esta es tu venganza particular: llamar a mi móvil cuando sabes que estoy dormida y hablar. Y no me digas que no sabes que estaré dormida. Tienes que haber intuido que seguía con la medicación. Aun así, creo que hemos encontrado un canal de comunicación perfecto. Deberíamos ser capaces de decirnos todo esto a la cara. Pero a la cara no serías capaz de llamarme «puta», como me llamaste ayer. Claro que no lo dijiste así, dijiste que me había portado como una puta. Que no esperabas que la futura madre de tus hijos se fuera acostar con el primero que le mirase las tetas. Que yo siempre decía que no quería hijos, pero que esa era una pose pseudointelectual. Que todas las mujeres quieren hijos. Que para qué trabajamos, si no es para formar una familia. Que no querrías estar casado con una mujer capaz de sobrevivir tres meses comiendo lasaña recalentada.

Mierda.

Escucho estas grabaciones y no te reconozco. De hecho, cuanto más las escucho, más ganas tengo de firmar el jodido divorcio civilizado.

Pero después está la última grabación. La de las cinco de la mañana. Llevo todo el día escuchándola.

«Siempre fuiste mi "AA". Mi persona. Siempre fuiste la mujer con la que quise dormir bajo un atardecer dorado. Me encanta esa frigidez tuya que te hace adorar los tonos grises. Ese alejamiento inconsciente que impones a los demás, que hace que la gente crea que eres una estirada, aunque yo sé que tan solo eres tímida. Te quiero. Te quiero tanto que no puedo olvidar que has estado con otro. Y creo que no lo voy a olvidar nunca. Te quiero, Marini.»

Y si me quieres, ¿por qué no me lo dices a la cara? ¿Por qué no me despertaste cuando entraste en casa esta madrugada? ¿Por qué no me besaste y te acostaste a mi lado? ¿Por qué dejaste tus llaves en el mueble del vestíbulo? Un mensaje que hasta el idiota del gato Milan sabría descifrar.

Esta ya no es tu casa.

Libertad

Carmela

Ayer estuve rebuscando entre las fotos.

Encontré muchas de cuando eras un bebé. ¡Tan guapo! Recuerdo cómo ahorré para hacerte esas fotos. Solo tenías tres meses. Tan gordito… Cómo apetecía darte un mordisco en esos mofletes. Siempre te han dado vergüenza esas fotos. No sé por qué nos avergonzamos de tonterías. Las cosas que deberían ponernos colorados de verdad las olvidamos, las apartamos de nuestra mente como si nunca hubiesen sucedido. Así es más fácil.

Porque pienso en tu infancia y solo me vienen esos momentos. Esa sonrisa en una foto. He olvidado lo demás. Tengo que esforzarme para recordar que no fueron tiempos fáciles. Te juro que había silenciado esos recuerdos hacía mucho. Y ahora, de repente, me da por pensar que aquello no estuvo bien. Ahora miro a mi vecina y siento envidia. De que haya estudiado. De que no tenga que rendirle cuentas a nadie. Está destrozada, tiene una tristeza dentro que da pena, porque cree que no es nada sin su marido. Pero no se da cuenta de que no lo necesita.

Porque puede vivir por sí misma. Ese es un privilegio que yo nunca tuve. Últimamente hablamos mucho, y hasta me permito darle consejos. Yo, que nunca he sido mujer de andar metiéndome

en la vida de la gente. Pero me queda tan poco tiempo, Manuel…
¡Y ella es tan joven! No debería andar perdiendo el tiempo así. Ese
hombre no la quiere. Claro que no se lo dije así. Le dije otras cosas.
Cosas que sé por vieja y no por estudiada. Por ejemplo, que se pue-
de vivir sin el amor de tu vida. Lo difícil es vivir con quien no lo es.
Que lo que daría yo por ser libre como ella.

Las mujeres como yo nunca lo fuimos, hijo. Yo nunca fui como
Marina. ¿Crees que alguna vez en mi vida pude decir lo que pensaba?
¿Crees que Caride se preocupó alguna vez de consultarme algo? ¿Crees
que las mujeres como yo soñamos alguna vez en ser como Marina?
No, hijo, no. El mundo era de ellos, de los hombres. Las mujeres
como yo nunca decidíamos nada. Bueno, decidíamos cosas como qué
se comía a mediodía (si no era domingo) o el color del papel pintado
del salón. Creo que la única decisión importante de mi vida fue la de
imponerme a tu padre para que fueses a estudiar a Santiago.

Nunca pude decidir nada, Manuel. Nunca se me pasó por la cabeza trabajar fuera de casa. Nunca me tomé un café en un bar ni salí
sola de casa, excepto para ir al mercado. No tenía amigas, solo cono-
cidas. Me dio la vida tu tía Dorinda. La de cosas que me aguantó.

Así que veo esta foto y solo puedo pensar que ahora soy más
feliz. Yo decido lo que hago. Si entro, si salgo, lo que como, si trabajo en el comedor o no, si me tomo un café en casa de la vecina.
Hago lo que me da la gana. Y que no me vengan con nostalgias.

Yo me quiero así. Con setenta y cinco años. Sola. En mi casa.
Disponiendo de mi pensión de viudedad. Hago lo que me da la
gana. Con quien me da la gana.

Lo que es morirme, me muero.

Pero esta sensación de libertad, esta, ya no me la quita nadie.

Y esto es todo lo que quería decirte hoy, hijo.

Amistad terapéutica

Sara

¡Hola, Bruno!

Hoy vamos a cambiar los roles. Voy a analizar tu correo, para dejarte las cosas claras. Porque algo está cambiando. Creo que en este momento estoy más preparada que tú para opinar respecto de lo que está pasando.

Desde que empezamos esta terapia combinada de teléfono y correos electrónicos, ambos nos estamos engañando. No yo a ti ni tú a mí: cada uno de nosotros a nosotros mismos.

No es verdad que fuera un accidente. Esa es mi mentira.

No es verdad que te estés enamorando de mí. Esa es la tuya.

Es solo que a ninguno de los dos nos gusta esta realidad.

No me gusta ir directa hacia un matrimonio que nadie me asegura que no acabará como el de mis padres.

No te gusta admitir que simplemente necesitas una excusa para tener una emoción en tu vida, para escapar de esa novia tuya.

Está claro.

Estoy enamorada de Rubén, pero no quiero casarme con él.

Creo que no estás enamorado de mí. Tampoco de tu novia, aunque estoy segura de que ella cree que sí.

En fin, lo importante no es quién ama a quién.

Lo verdaderamente importante es que, por primera vez en mucho tiempo, empiezo a tener las cosas claras. Mi mente está procesando todo lo que me está sucediendo.

Y es gracias a esta amistad terapéutica que mantenemos. Te necesito, Bruno. No me falles.

He borrado tu correo de ayer. Comencemos de nuevo, como si no hubiese sucedido nada. Nadie sabe lo que ha pasado. Sé que crees que debo ir a otro psicólogo, pero lo cierto es que esto funciona.

Déjame seguir llamando a este contestador.

«Hola. Esta es la consulta de Bruno Loureiro. Le recordamos que el horario de atención es de nueve a una y de cuatro a ocho, de lunes a viernes. Deje su nombre y número de teléfono y le devolveremos la llamada.»

¡Estas palabras son tan liberadoras, Bruno! En cuanto suena la señal, comienzo a hablar. Si no me llega el tiempo, vuelvo a llamar.

No me dejes, Bruno.

Que necesito que me ayudes.

Que tenemos que afrontar esta realidad juntos, aunque no sea una realidad amable.

Yo lo tengo claro.

Tú no me quieres.

Ayer hizo tres meses que intenté suicidarme.

Desiertos

Viviana

¿Sabes, papá?, me duelen mucho las cosas que me han pasado, pero aún me duelen más las que no, la carrera que no estudié, la vida con Manuel, esa que se me negó. Me da por pensar cómo sería mi vida si no fuese la mía. Si fuese la de Inés. Si no me pusiese más pelucas. Si hubiese una niña con el pelo idéntico al que yo escondo todos los días.

Y las hay, papá.

Ayer iba una en el autobús. Tenía exactamente el mismo peinado que me hacía mamá. Raya al lado, pelo suelto y una horquilla retirándolo de la frente en el lado izquierdo. La misma melena castaña clara. Los mismos reflejos color miel en las puntas.

Debía de tener nueve años. Solo con nueve años uno puede llorar como lloraba esa niña en el autobús. Con ganas. Con un dolor furioso que no aguarda consuelo.

A sus pies, un helado de chocolate, prácticamente entero.

Me conmovió, papá. Ese dolor sin falsedades, esa pena no fingida (te lo dice una experta en fingir), ese llanto real. Los niños sí saben llorar. Los adultos no. Tragamos y tragamos, todo para adentro, hasta que estamos llenos, hasta que reventamos. La madre de esa niña, esa que podría haber sido la mía pero que no lo era, le limpiaba las manos con un pañuelo de papel. Con el mismo pañuelo borró el chocolate de su cara mezclando los mocos, la rabia y el helado en ese pañuelo con el que intentó recoger los restos del suelo.

«Por idiota», le dijo.

Igual que mi madre.

«Por puta», me dijo, cuando llegué aquella tarde.

Me levanté del asiento y fui hacia la niña. Le di cinco euros mientras pedía permiso a la madre con la mirada. «Toma, niña, compra otro cuando te bajes del autobús.»

Creo que habría sido muy buena madre, papá. Mejor que la mía.

La niña se pasó el dorso de la mano por debajo de la nariz. Y después paró de llorar.

Ojalá yo pudiese llorar así, pero no puedo. Ya te he dicho que los adultos no sabemos llorar. Mientras, voy tragando y tragando. Hasta llenar ese inmenso vacío que tengo dentro.

Ese desierto que es mi útero yermo, ese vientre infértil, lleno de la ausencia de los hijos que no parí.

Cosas que pensé que nunca sucederían

Marina

He cambiado la cerradura de la puerta. Espero que oigas este mensaje, Jorge. Y también espero que no intentes volver por la noche como un ladrón.

Nunca pensé que haría esto.

Pero lo he hecho.

Llevo toda la semana haciendo un montón de cosas que nunca pensé que haría.

Por ejemplo, testamento. Aproveché que acompañaba a Carmela a hacer el suyo y decidí hacer el mío. No fue fácil. Estoy sola. He perdido mi referente. Ya no sé quién es mi persona.

He designado a Rodrigo mi heredero universal. Se lo merece. Por aguantarme desde primero de carrera. Por soportarme todos estos años. Aunque yo no soy su persona. Su persona es ese Ramón con el que aparece en su perfil de WhatsApp. Y si me muero, no le quedarán muchas cosas. Solo mitades. Medio dúplex. Medio Audi. Medio diccionario enciclopédico. Y también ese montón de productos de teletienda que adquirí de forma compulsiva en mi época oscura. Dos almohadas anatómicas. Una faja reductora. Diez cajas de té de piña adelgazante. Un banco de abdominales. Un set de manicura y pedicura.

Nunca pensé que en tan poco tiempo pudiera llegar a apreciar a alguien como aprecio a Carmela. Y que me apeteciese más tomar un café con una mujer de setenta y cinco años que hablar por el Whats-App con mi grupo de amigas.

Nunca pensé que llegaría a odiar la palabra «civilizado».

Tampoco pensé que sería capaz de pintar yo sola una habitación entera. Pero he podido. Compré dos botes de pintura gris hielo y he pintado el dormitorio. Mentiría si te dijese que no echo de menos el color dorado que desprendía nuestro cuarto. Que ya no es nuestro.

Nunca pensé que dejaría de serlo.

Nunca pensé que otro hombre dormiría en esta cama.

Testamento

Carmela

¡Hola, hijo!

Hoy Marina y yo hemos ido a hacer mi testamento a un notario. Yo creía que me servía ella, como era abogada… Pero no, hay que ir al notario. Claro que como Caride era un supersticioso, nunca había hecho testamento. ¿Y qué iba a saber yo de papeles? Yo sé de amasar empanada de maíz y de hacer *filloas*. De los papeles se ocupaba tu padre. Y tú en cuanto fuiste mayor.

Pues nada, allá nos fuimos. Y de repente, ella se decidió a hacer el suyo. Como si estuviésemos en las rebajas, un dos por uno.

Lo del testamento era más una tontería que otra cosa. Quería devolverle la finca esa a tu tía Sinda. Que quiero morirme tranquila. Que me apetece dejársela. Para fastidiar a Caride, donde quiera que esté. Ya sé que es tuya, que la heredaste de tu padre, pero sé que no pondrás impedimentos. Y también quería dejarle ese terrenito a tu tía Dorinda. Ese pequeño que linda con el suyo en Beluso. ¡Es que ha sido siempre tan buena hermana! Y total, a ti eso no te hace falta para nada.

En qué poquitas palabras se resume todo lo que dejo en esta vida. Está todo aquí, en dos hojas. Menos mal que llevé a Marina. No entendí absolutamente nada. Qué pocas cosas dejo, casi nada: el piso. El piso nada más. Qué buena decisión fue vender el piso en el que viví con tu padre. Estas cuatro paredes sí que recogen momentos felices. Momentos tuyos y míos, hasta que decidiste comprar tu apartamento y marcharte. Ya sé que nadie entendió mi decisión de dejar nuestro piso de toda la vida. Creo que ahora ya me entiendes. Siempre te estaré agradecida por firmarme los papeles para venderlo. Y qué bien se está en este piso tan nuevo, tan caliente, tan bien situado, y mucho más pequeño.

Dejo muchas más cosas que no están en ese documento. Te dejo a ti, hijo. Me gusta pensar que eres el hombre que eres gracias a mí. Que ya sé que me saliste bueno, pero algo tendría yo que ver.

¡Y la pobre de Marina! Lo de ella también es triste. Desde luego que tiene muchas más cosas que yo, pero nadie a quien dejárselas, ahora que ya no tiene marido. Así me lo dijo. No sabía que era huérfana, ni tampoco tiene hermanos. Le ha dejado todo a su socio, el dueño del gato.

Debe de ser muy importante para ella. Ya le he preguntado si el Rodrigo ese está casado, y parece ser que es marica. Bueno, lo dijo de otra manera, ya no me acuerdo bien de la palabra. Mira que está esto de moda. Y ya sabes que no soy de criticar, pero a mí se me hace raro. Que lo digan así, tan a las claras. Es todo muy moderno. Pero para mí ese Rodrigo ya es mi héroe. Su gato me está alegrando los días. No sabes cómo se me acurruca entre la falda mientras vemos la novela de las cuatro. No me extraña que no me quede nada que dejarte: ¡estoy gastándome toda la pensión en pescado fresco!

Nada más, hijo. Te dejo el testamento en la misma caja de tu casa. Todos mis bienes y un montón de recuerdos que no caben en esos papeles. Si lo pienso bien, estos mensajes son mi otro testamento.

Ahora sí, ya está todo bien encaminado.

Creo que hoy voy a dormir bien.

Pero que muy bien.

El corazón tiene razones
que la razón no entiende

Sara

¡Hola, Bruno!

Aquí te dejo los deberes que me pusiste ayer. Una lista con diez razones para casarme con Rubén y otra con diez razones para no hacerlo. Tal y como me dijiste, las escribí casi sin pensar, cogí papel y me lancé. Casi me salió eso que llaman «escritura automática». Ahí van. Te las voy a leer despacito, para no equivocarme.

Diez razones para casarme con Rubén:
1. No tiene madre. Y su padre vive con su hermana mayor. Asunto resuelto.
2. Si tenemos hijos, hay un cincuenta por ciento de posibilidades de que sean rubios y altos. Y casi un ciento por ciento de que salgan guapos.
3. Siempre baja la tapa del inodoro.
4. Es el único hombre que conozco que ha leído un libro de Jane Austen. Repito, el único.
5. Emma Bovary también le parece estúpida.
6. Estamos de acuerdo en lo fundamental. Si tenemos un perro, se llamará Camilo.
7. Todas las veces que me he acostado con él estaba sobria.

8. Vilar Viñas queda muy bien. Casi tanto como Viñas Vilar.

9. Su canción favorita es «Love of My Life» de Queen. La mía no, pero puede pasar.

10. Sé positivamente que nunca me negaría la casa de la playa en un acuerdo de divorcio.

Diez razones para no casarme con Rubén:

1. A veces me habla como si fuese su madre.

2. Si tenemos niños y salen a él, las posibilidades de que el tamaño de su pene esté por debajo de la media es casi del ciento por ciento. Aun así, eso siempre será mejor que tener niñas con impulsos suicidas.

3. Nunca tapa la pasta de dientes.

4. Considera pedante a Elizabeth Bennet. Siempre dice que el señor Darcy debería haberse casado con su hermana más joven.

5. Creo que no ha leído *Madame Bovary* y dice esas cosas solo para complacerme.

6. No sé si me gusta que esté de acuerdo conmigo en todo.

7. Todas las veces que me he acostado con él deseé no estar tan sobria.

8. Las dos uves de sus apellidos me incitan a bautizar a nuestros hijos con nombres que empiezan por esa letra: Víctor, Victoria, Valentina, Victoriano, Virginia, Virgilio… Buuuffff…

9. No se puede escuchar una lista de reproducción de Spotify de las suyas sin desear ingerir una sobredosis de Alprazolam.

10. No me importa quién se quede con la casa de la playa, con el perro/perra Camilo/Camila, con los niños de pene minúsculo o con las niñas de impulsos suicidas. Lo que me

importa es que seguramente nos divorciaremos. Ese es el verdadero fin del matrimonio, ¿no?

Bueno, Bruno, espero que saques algo en limpio de estas reflexiones. Yo, a la vista de ellas, creo que no quiero casarme.

Ha resultado divertido imaginar tu cara al escuchar el punto número dos de la segunda lista.

¡Que no, idiota! Que Rubén no la tiene pequeña. ¡Dios! Sois todos iguales.

Películas, nombres y batidos de piña

Viviana

Cuando me besaron por primera vez, yo ya no era virgen, claro que eso ya lo sabes.

Fue un domingo de febrero, casi al lado de la alameda de Pontevedra.

Tengo ganas de compartir este momento contigo. Hay tan pocos momentos así en mi vida, papá...

Aquella tarde, Inés, Laura y yo habíamos ido al cine a ver *Tesis*, de Amenábar. Por aquel entonces no era más que un director desconocido. Parece que fue hace mil años.

Desde la primera escena supe que no podría verla. No pude soportar toda esa violencia. Dejé a Laura y a Inés en el cine y salí casi corriendo hasta chocar de frente con Manuel, que estaba en la puerta con unos amigos, esperando para entrar en otra sesión.

Vino derechito hacia mí. Él nunca disimuló conmigo, ¿sabes? Siempre dejó claro que yo le gustaba. Habían pasado más de ocho meses desde que me había atendido en la consulta, y desde entonces apenas me lo había encontrado un par de veces. Había conseguido mi teléfono e incluso me había llamado, para quedar. Pero yo nunca le había dicho que sí. En primer lugar, porque me parecía mayor. En aquel momento, yo tenía dieciocho y él veintiséis. Y, en segundo lugar, porque él sabía, sospechaba…, me leía por dentro. Con él siempre estaba expuesta, al descubierto.

Manuel lo sabía. Sabía que algo no estaba bien dentro de mí. Quizá por eso le gusté. Él siempre fue mucho de luchar por causas perdidas. Ahora está en África, en los campamentos del Sáhara con una ONG, salvando niños, operándolos, vacunándolos, haciendo fácil su vida.

Pienso en lo que habría sido de la mía si le hubiese dejado salvarme a mí.

Aquel día le acepté la cita. Y vi *Tesis* de nuevo. Esta vez entera, sin confesarle que ya había estado en la sesión anterior. Jamás conseguí superar esta costumbre mía de no decirle toda la verdad.

A la salida fuimos a tomar algo.

Llovía. ¡Dios, cómo llovía! Corrimos a través de la alameda. Me cubrió con su cazadora. Me refugié en sus brazos. Yo quería permanecer bajo ese abrigo para siempre. Solo que en la vida real nada es para siempre, papá. Por lo menos las cosas buenas. Me llevó a una cafetería. Pedí un batido enorme. Qué golosa era. Aún lo soy. Todavía puedo recordar el sabor dulce de la piña, y cómo limpió la mancha del batido en mi nariz. Y cómo me besó. Y sus manos enredadas en mi pelo, el de verdad. Esa melena castaña, con reflejos de color miel. Y cómo murmuraba mi nombre, bajito, saboreándolo.

Viviana no.

El otro.

Posibilidades

Marina

¿Qué posibilidades teníamos de que nuestro matrimonio saliese bien?

Quiero decir que nos casamos plenamente convencidos de que esto era para siempre. Para mí nunca hubo otro. Quería estar contigo. Solía pensar en nosotros de viejos. Solos. Sentados en un banco de una alameda. Viajando mientras pudiésemos. Paseando por la orilla del Lérez. Nunca imaginé una vejez sin ti. Y tú dirás que eso es normal, que todo el mundo se casa convencido de eso. Pero te equivocas.

Hoy ha venido una clienta a hacer unas capitulaciones matrimoniales. Entiendo que las haga. Su madre está desesperada por sacarle los hígados al padre, en uno de los divorcios más complicados que estoy llevando desde que monté el bufete. Y claro, quiere asegurarse de que su hija no tenga que pasar nunca por eso. Yo he aconsejado una separación de bienes y un acuerdo prenupcial.

Tendrías que haber visto la cara de esa chica. A medida que yo hablaba, su cara se iba descomponiendo. «Vaya mierda», dijo. «Vaya mierda», pensé yo. Así que, para tranquilizarla, le solté mi discurso de las etapas de la vida. Pero resulta que ya no me creo mis propias palabras. Tartamudeé y noté que la cara me ardía.

Entonces la madre de Sara, que así se llama la chica (seguro que conoces al padre, es Viñas, el del Santander, el hijo de José María Viñas), le dijo que era absolutamente necesario. Que estaba claro que ella no estaba muy segura del paso que iba a dar. Que si no, no habría hecho «aquello».

Mira, Jorge, no sé qué es lo que hizo la chavala, pero yo, de una simple ojeada, vi que no lo tenía claro.

Y si nosotros, que estábamos tan seguros de que no podíamos vivir el uno sin el otro, acabamos así…, ¿qué posibilidades tiene ella?

A lo mejor, más que nosotros. A lo mejor resulta que se casa y llega a vieja al lado de su novio. A lo mejor tiene preciosos hijos rubios mientras su acuerdo prenupcial se marchita en un cajón.

¿Quién sabe qué posibilidades hay de una cosa o de la otra?

Juré que te sería fiel. Prometiste respetarme. Los dos olvidamos nuestras promesas.

Quisiste tener hijos. Me acosté con el carnicero del Mercadona.

¿Qué posibilidades había entonces de que siguiésemos juntos?

No lo sé. Solo sé que he tirado por la borda todas las posibilidades de que vuelvas.

Porque mi habitación es ahora gris hielo.

Porque Diego lleva diez días durmiendo conmigo en ella.

Cómo conocí a Vicente

Carmela

¡Hola, hijo!

Nunca me has contado cómo conociste a Alicia. Pero ella sí me lo contó. Fue en urgencias. Se había hecho daño en un brazo y tú la curaste. Me lo contó sin mirarme a los ojos. Ella nunca me miraba a los ojos. No sé a ti.

Supongo que es una manera como cualquier otra de conocer a alguien.

El caso es que yo conocí a Vicente de la misma manera.

Tropecé. Resbalé y me torcí un pie. Y él me socorrió. Recuerdo cómo cogió mi tobillo. Y cómo sacó un pañuelo de su bolsillo. Me vendó el pie. Yo lloraba. Así me conoció Vicente: llorando.

Y me acompañó hasta casa de mis padres. Unos días después volvió, para interesarse por mí. Y me invitó a dar un paseo.

Me volví loca por él, ¿sabes? Creo que de haber vivido cincuenta años después, me habría tatuado un infinito en la muñeca.

Y exactamente igual que como sucedió con Alicia, a mi madre no le gustó.

Y exactamente igual que tú, yo no hice caso de sus consejos. Porque estaba enamorada.

Y se marchó.

Igual que ella.

Y desde nuestra despedida, nada más. Silencio. Ni una carta. Ni un recado.

Ya ves, mi historia terminó igual que empezó: llorando.

Terminó igual que la tuya.

Se marchó y no supe nada de él hasta diez años después. Diez años sin saber nada de él. Hasta que un día apareció de nuevo en mi vida. En un cajón, de casualidad. Yo estaba buscando la cartilla de la caja de ahorros y encontré diez años de cartas. De ausencias. De mentiras.

Mentiras de mi madre.

De Caride.

«No te mentí, Carmela. Es solo que no te dijimos la verdad.» Así se disculpó Caride. Como si eso arreglase algo. Como si ambos ignorásemos que nada podía solucionar lo que me había hecho. Que no se puede amar haciendo tanto daño.

Diez años.

Ya era tarde. Tarde para mí.

Espero que no sea tarde para ti, hijo.

Capitulaciones matrimoniales

Sara

Hoy mamá me ha llevado a un despacho de abogados para preparar un documento que proteja mi patrimonio en el caso de que Rubén y yo nos divorciemos. Al parecer es normal en gente como nosotros, dice mamá. A mí tan solo me gustaría saber cómo somos nosotros. Qué nos hace especiales.

Faltan dos meses para la boda y estoy en un despacho preparando mi divorcio. Y parece ser, te repito, que esto es normal. Imagino cosas normales como esta. Como por ejemplo: «Hola, estoy embarazada de tres meses, quería encargar un ataúd para cuando se muera mi hijo».

La abogada me ha explicado que esto es solo por si acaso. Más bien, por si me caso. Si no me caso, no hay divorcio. Si no amo, no sufro.

Si tomo dos frascos (¿o fueron cuatro?) de pastillas, tampoco.

Pero lo cierto es que, por alguna extraña razón, quiero a Rubén. Y estoy de «sí». Sí quiero. Sí me caso. Sí firmo la autorización para que Marina, que así se llama la abogada, me represente ante los abogados de Rubén. Y Rubén firmará cualquier cosa. De la misma manera que está de acuerdo en tener un perro que se llame Camilo y no Toby o Lulú.

Porque me quiere. Y yo le quiero. Entonces ¿por qué estamos hablando de divorcio? Por si acaso.

Fue insoportable. Me entraron ganas de salir corriendo de ese despacho que olía a divorcio a kilómetros. De no volver a mi casa, esa que rezuma divorcio por todos los rincones. Pasé por un centro sociocultural. Me apunté a zumba, a costura y a introducción a la informática, y camino de casa entré en la iglesia y me ofrecí voluntaria en el comedor social. Ya sabes, ese al que van a comer los que no son como nosotros.

Los que no firman capitulaciones matrimoniales antes de casarse.

Volver

Viviana

Me levanté temprano, porque el avión salía a la una de la tarde. Ayer, en cuanto acabé en el trabajo, le dije a Roscof que necesitaba volver a casa. Le conté que mi madre estaba en una residencia y que iba a visitarla.

Ya sabes, papá, que solo la primera parte era verdad.

Apenas sin dormir, estuve casi media hora decidiendo el tamaño de la maleta. Grande, pequeña. Grande, pequeña. Grande, pequeña.

Pequeña.

Solo unos días.

Me puse unos vaqueros y un jersey verde.

Cogí el metro.

Ya me había olvidado de cómo era el mundo a las once de la mañana. El mundo con la melena al aire. El mundo sin pelucas. Contemplé mi imagen reflejada en la ventanilla del metro. Alicia.

De nuevo Alicia.

El aeropuerto me pareció enorme. Me di cuenta de que desde que vine, hace siete años, no había vuelto a salir de Madrid, ni siquiera cuando tuve motivos para hacerlo.

Pasé los controles. Entregué el carné de identidad de Alicia. Pasé bajo el arco de seguridad. Pitó. Me descalcé. Pitó. Me quité el cinturón. Pitó. Dejé que una policía me cachease.

«Puede pasar», dijo.

Me calcé. Me puse el cinturón. Recogí la maleta de mano. Di media vuelta. Salí del aeropuerto. Cogí el metro. Llegué a casa. Llamé a Roscof y le dije que al final no me iba.

Me puse una peluca pelirroja. Contemplé mi imagen reflejada en el espejo del baño.

Viviana.

De nuevo Viviana.

Me eché a llorar.

Diccionarios, diafanoscopias y nueve cajas de cartón

Marina

«La diafanoscopia es una técnica empleada en medicina que consiste en el examen de un órgano o estructura mediante la introducción de una fuerte fuente luminosa, que hace visible su contorno desde el exterior.» Así la define el diccionario.

Recuerdo que cuando comencé a hablar con tu contestador te leí una lista de cosas que tenías que venir a buscar y que te propuse compartir el diccionario enciclopédico. En aquel momento me percaté de que si me llevaba los últimos tomos, nunca podría buscar determinadas palabras. Y a modo de ejemplo, utilicé esta: «diafanoscopia».

No tenía ni idea de qué significaba. Me salió así, de repente, sin pensarlo.

Era tan solo una palabra sonora que había oído o leído en algún sitio. Recuerdo también que la busqué en Google, y que al cabo de unos segundos la definición estaba frente a mí, demostrándome que, como siempre, estaba equivocada. No necesitaba ese diccionario, ni tú tampoco. Todo está en la red. No lo necesitaba, excepto por lo que representaba en nuestras vidas.

Recuerdo cuando lo compramos con los cupones del periódico. Yo estaba realizando la pasantía en el despacho de tu tía y me empeñé en hacer esa colección porque era una oportunidad de conseguir un buen diccionario enciclopédico en gallego. Nunca olvidaré cómo conseguiste los cuatro tomos que me faltaban porque me había olvidado de encargarlos mientras hacía el Interraíl.

Ese diccionario fue nuestra primera compra común. Siguieron miles de cosas, pero el diccionario fue lo primero. Y pensaba realmente que los dos merecíamos guardar un pedazo de nuestro pasado común.

Pero no, me equivoqué. Todo está en Google.

Así que decidí regalártelo.

Debí contarte todo esto cuando viniste esta tarde, pero, como siempre, sin el contestador de por medio, no pude hablar. Tampoco tú, aunque supe que escuchas los mensajes, porque no dijiste nada del color de las paredes de la habitación. Mientras metíamos todas tus cosas en cajas, me devolviste un segundo juego de llaves que tenías, pese a que ya te había dicho que había cambiado la cerradura. Te confirmé que te había ingresado el dinero de tu parte del dúplex. Y rechacé tu oferta de un aplazamiento. Te repetí que no había tenido problemas para conseguir la hipoteca.

Después metí nueve cajas de cartón en mi coche y te acompañé a casa de tu madre. Y te aconsejé que te comprases un coche, que una moto no era suficiente.

Tampoco nuestro amor fue suficiente.

Me besaste en la mejilla. Y me deseaste suerte. Con todo. Sé que metiste a Diego en ese todo. «Suerte, Marini.»

Y no lloré.

No, hasta que volví a casa y me di cuenta de que tu móvil estaba en el aparador del vestíbulo. Ese jodido aparador donde vas dejando todos los restos de nuestra vida pasada. Sé que esa es tu forma de decirme que no quieres seguir escuchando estos mensajes. Ese sí que ha sido un golpe bajo, Jorge. Porque creo que aún me quedan muchas cosas por decirte. Porque si me hiciesen una diafanoscopia, quedaría claro que algo no anda bien ahí dentro.

Creo que tengo el corazón partido en dos.

Lo que decían esas cartas

Carmela

¿Por qué guardó Caride esas cartas?

A veces pienso que lo hizo para que yo las encontrase. Que necesitaba que lo liberase. Que esa fue su manera de contármelo. Estaba buscando que lo perdonara.

Nunca lo hice.

Esas cartas estaban llenas de mi pasado, de lo que pudo ser y no fue.

Todas empezaban igual: «Querida Carmela: espero que al recibir la presente te encuentres bien…».

Todas terminaban igual: «Siempre tuyo. Recuerda que te quiero, Vicente».

Todas.

Y dentro de ellas, su vida en Buenos Aires. La pensión. Su trabajo de recadero. Su sueño de montar unos almacenes, de ahorrar para mandar a buscarme. Su intención de casarnos por poderes. Su preocupación por no tener noticias mías. El dolor de recibir una carta de mi madre, diciendo que yo no quería contestar a sus cartas. Sus preguntas sin respuesta. «¿Por qué te has casado con Caride, Carmela? ¿Por qué?»

Cartas llenas de preguntas que se mezclaron con las mías, con las preguntas que llevaba haciéndome diez años: «¿Por qué no volviste a escribirme, Vicente?». «¿Qué fue de ti en Buenos Aires?» «¿Qué fue de tu promesa de volver a buscarme?»

Todas esas preguntas sobrevolando sobre nuestras vidas, sin encontrar dónde aterrizar.

Y todas las respuestas en el cajón de una cómoda, debajo de unos calcetines.

¿Y cómo se perdona eso, hijo?

¿Y cómo me perdonas tú que yo no te contase que sabía que Alicia estaba en Madrid?

Caos

Sara

Hoy Conchita me ha dicho que ya no ordena más mi armario, que es puro caos.

Esto no es lo que te quería contar.

Pero es lo que te contaré. Porque lo otro, no puedo.

Sí, sí, estoy llorando Por todo. Porque mi armario es un caos. Porque Conchita no lo va a arreglar más. Porque cuando empecé a clasificar ropa, zapatos, bolsos…, me di cuenta de que nada de lo que tengo me gusta. Que podría subsistir con la ropa de ir a correr. Camiseta blanca: leggins negros, zapatillas blancas. Sé que esto ya te lo he contado, pero necesito hablar de otra cosa. Y llorar. La gente llora en el psicólogo. Para eso sí vas a servirme: para llorar. Porque no es justo. Mi vida es como mi armario: puro desorden. Una vida sin color. En blanco y negro.

No puedo seguir, no puedo. Ha sucedido algo horrible. No, no puedo contártelo. Esta vez no puedes ayudarme. No.

No me escribas.

No me llames.

Adiós, Bruno.

Dorna (reflexiones de un sábado por la tarde, a los dos días de no haberme atrevido a volver)

Viviana

¡Hola, papá!

Odio los sábados. En realidad no odio los sábados: odio que, para mí, el sábado sea igual que un miércoles. Odio esta vida en la que tanto da un lunes que un viernes.

Cuando era pequeña, me encantaban los viernes. Aquella sensación, cuando sonaba el timbre de la escuela a las cinco y media y nos echábamos a correr por los pasillos del colegio.

Hoy, como que no tengo mucho que contarte. Que estoy melancólica. Y avergonzada. De ser quien soy. De no atreverme a ser quien fui. Que no encuentro la salida a esta vida en la que tanto da que sea lunes que martes. Agosto o enero.

En la casa de al lado no hay nadie. Me gustaría jugar un ratito con Paula. Tengo un huevo Kinder en el frigorífico para ella. ¡Cómo me gusta esa niña, papá! A veces imagino que es mi hija. ¿Crees que sería una buena madre? Mejor que la mía, seguro. Sé que no te gustaría que la criticase. ¿Tú entiendes por qué lo hizo, papá? ¿Tú entiendes que no me protegiese?

Yo no. Y no te entiendo a ti. Que la adorases siempre, por encima de todo. Que estuvieses tan ciego, papá. Que no vieras que ella no nos quería.

Pero ella lo era todo para ti. «Dorna», la llamabas. Tu dorna. Porque para un marinero lo más importante era tener una dorna propia.

Pero tú no eras marinero. Eras el dueño de una ferretería.

«Dorna», decías, agarrándola por detrás y besándole el cabello.

Tanto amor en esa casa, papá…

Entonces ¿qué falló?

Rodrigo, *OhmyGod!*

Marina

Rodrigo está de vuelta.

Dos meses de viaje (creo que su novio ha tenido que pedir una excedencia). Ha venido moreno y le sale la felicidad por los ojos. Pienso en mi teoría de la tristicidad. Si en algún momento su historia se va a la mierda, todos los recuerdos de ese viaje volverán para recordarle lo desgraciado que es.

Le pedí que se quedara a dormir en casa. Necesitaba contárselo todo. Y se lo solté de golpe. Bebimos una botella entera de Ouzo. Entre chupito y chupito, fui confesándome. Le conté todas las novedades. Lo insoportable que se puso Milan. Las sardinas de Carmela. El té que debería haber sido un café en la plaza de la Herrería. La cena en el italiano. Cómo me abalancé sobre Diego y lo besé. Cómo le había dicho: «Necesito que me lleves a casa». «OhmyGod!», dijo Rodrigo. «Necesitaba acostarme con otro, para arrancar a Jorge de mi cabeza.» «OhmyGod! ¿Y cómo fue?» «OhmyGod!», contesté.

Le conté que llegué a odiarte, Jorge. Bien, no exactamente a ti. A tus mensajes en el contestador en los que me decías que yo quería tener hijos, solo que no lo sabía. («No lo odies, Marina; fuiste tú quien se fue con otro. ¡Me da tanta pena!») Ya ves, le das pena a mi mejor amigo. También me quitarás eso. Y tuve que recordarle que no me fui con nadie. Que sigo enamorada de ti. Que no se puede poner de tu parte. Que ahora él es mi heredero universal. Mi persona. Mi «AA». ¿Y por qué no le doy pena yo? Soy yo la que se ha quedado sola. Soy yo la que ha vivido el infierno de la oscuridad. Aún no puedo dormir sin tomar tranquilizantes. Tuve que exorcizar este dúplex de ti. Vi partir nuestra vida embalada en nueve cajas de cartón. Permití que me privases de mi única satisfacción desde aquel domingo de mayo: hablar con tu contestador. Ahora tengo que ocuparme de cargar tu móvil para asegurarme de que sigue operativo. Llamo y suenan los cinco tonos de rigor. Y después escucho el último vestigio que queda de ti en esta casa. Tus diecisiete palabras: «¡Vaya, parece que no puedo atenderte! Llama más tarde o deja tu mensaje después de la señal». Aquí me tienes. Llamando al servicio de contestador para escucharme a mí misma. Dime que no estoy loca o a punto de estarlo, Jorge.

Pero nada. Rodrigo sigue insistiendo en que tú también lo has pasado mal. Y le aguanto que me riña por no cuidar bien de Milan, que, al verlo, se erizó y se escondió tras las faldas de Carmela (el poder de las sardinas). Y cuando nos quedamos solos, le pido que se lo deje a Carmela. «¿Cuánto tiempo?» «Hasta que se muera.» Y nos echamos a llorar. «Es el Ouzo», dice Rodrigo. Así que, por hablar de cosas alegres, le digo que antes de que ella muera, voy a intentar ayudarla. Porque no soporto verla tan sola. Y entre los dos ideamos un plan para darle una sorpresa.

Y después, en plena emoción, me cuenta que se va a ir a vivir con Ramón. Y que le va a pedir que se case con él. Así, sin pensarlo. Y le digo que está loco. Y, borrachos como estamos, brindamos por la locura.

OhmyGod!

Brindamos por el plan para hacer feliz a Carmela.

Por la boda de Rodrigo y Ramón.

Y, cómo no, brindamos por su divorcio.

Y por las etapas de la vida: nacer, crecer, casarse, reproducirse, divorciarse y morir.

Amén.

Inventos

Carmela

¡Mira que es pequeño este mundo! Hace apenas unos meses que te conté lo de la chica esa, Sara. La hija de Viñas, el del Santander. Sí hombre, la del lavado de estómago. Y de repente, hace unos días, apareció por el comedor social de la parroquia y se ofreció como voluntaria.

Eso sí que no me lo esperaba yo.

Contra todo pronóstico, las dos seguimos vivas. La enferma terminal y la niña malcriada con ganas de suicidarse.

Nunca imaginé que la vería aquí, fregando platos y poniendo la mesa. La vida da buenas sorpresas.

No habla mucho. Pero trabaja bien. Y es muy voluntariosa.

¡Cuánto me gustaría echarle un discursito! Hacer algo por ella. Mientras puedo, claro. Me dan ganas de contarle lo que me pasa. Y de convencerla de que lo mío no tiene remedio, pero que, por el contrario, lo suyo sí. De todas formas, creo que algo le ha tenido que pasar para que esté aquí, de voluntaria. Mejor no digo nada. No. De momento. Porque si lo hago, es posible que todas las noticias viajen rápidamente hacia allí. No pienses que exagero. Te conoce. Le dije que eras el primo de Miguel, que es de su edad. Y le conté que estabas allí. Es culpa mía, por cotorra. Ahora sabe dónde estás. En un minuto puede encontrarte, ya me lo demostró ayer.

¡Ay, no! Le conté que habías salido en los informativos de la tele, y ella me dijo que podíamos buscarlo juntas en internet. Enseguida lo buscó con el móvil, y al momento, ahí estabas tú, contando lo de los niños y lo que erais capaces de hacer con veinte euros.

¡Ay!, lo que lloré, rey mío. Y eso que ya lo había visto hacía unos meses en la televisión. Pero volver a verte así, tan cerca… Y eso ¿cómo se mira?, le pregunté. Parece ser que está en el internet de la ONG. Y también hay fotos. Fotos tuyas, de doctoras y doctores, de voluntarios, de maestros… y niños, muchos niños. Todo allí, metidito dentro de su teléfono.

Después me dijo que te buscábamos en otra cosa. ¡Y ahí sí que había fotos! Fotos a montones. Sara dijo que iba a compartir todas esas fotos con sus amigas, y a hacer muchos «Me gusta». ¿Que te gusta lo qué? ¿La foto? ¡Ay, hijo, qué complicado! Pero qué emocionante. Y había vídeos también. Incluso el de los niños cantando el «Miudiño» y tú hablando en su lengua.

Me harté de llorar.

De orgullo.

De puro orgullo.

«Qué hijo tengo, ¿verdad?» «Claro que sí, señora Carmela.» Y mira tú, que allí mismo, con el móvil, escribió cuatro cosas y se hizo socia de la ONG. Ella y cuatro compañeros nuestros más.

¡Qué mundo este, hijo! No entiendo nada de nada. Inventan de todo. Tocas el móvil con un dedo y apareces tú. Escribes cuatro cosas y llegan veinte euros al desierto para ayudar a tus niños.

¿Y la cura de lo mío?

¿No hay invento para eso?

El porqué del caos

Sara

Hoy le han dado el alta a Rubén en el hospital.

Casi se muere, ¿sabes?

Casi se muere, y no fui capaz de pisar ese hospital hasta que le dieron el alta. Ni siquiera puse un pie en la UCI. No hice nada, tan solo llamarte para hablar de mi armario desordenado.

Ya sabes que no podía contártelo en aquel momento. Estaba demasiado ocupada pensando en qué iba a ser de mi vida. Porque, como bien dijiste en tus correos de estas últimas semanas, yo siempre me pongo a mí por delante. ¿Cómo me llamaste? «Jodidaególatra malcriada.»

Insultarme no debería formar parte de esta terapia. Sé por qué lo haces: para enfurecerme, porque sabes que la rabia está por encima de la tristeza, del miedo. Es más fácil estar enfadado, y mucho menos peligroso. La gente enfadada no intenta suicidarse con sobredosis de barbitúricos. La gente enfadada solo quiere coger una pistola, encontrar al conductor borracho que casi mata a su novio y esparcir sus sesos por el suelo.

Tranquilo, Bruno. A estas alturas de la terapia, cinco meses y casi dos mil euros después, creo que soy capaz de afrontar mis problemas de una manera civilizada.

Soy capaz.

Rubén está vivo. Y ahora eso ya es lo único que me importa. Y por verle la parte positiva a todo esto, al menos he dejado atrás ese «mecaso-nomecaso-mecaso-nomecaso» que me estaba volviendo loca.

Ahora ya lo tengo todo claro.

Le quiero. Sin importar las razones. A quién *carallo* le importa por qué. Le quiero porque sí. Más allá de esas estúpidas listas que me haces escribir. Sin lógica, sin causas, sin querer quererlo. Sé que ese es tu trabajo: encontrar los porqués. Pero no siempre existen. Le quiero sin más. Porque la alternativa, una vida sin él, no la soporto. Y ahora lo sé.

Sé que quiero esta vida a su lado. Esta vida que ya no es la misma. Bueno, tan solo en parte. Me esfuerzo por encontrar puntos de encuentro con nuestra vida anterior al accidente, y no es fácil. A la salida del hospital (ese al que no entré hasta que él salió, como si estuviésemos recorriendo caminos inversos), yo estaba esperándolo con un cachorro dorado de golden retriever. Ya sabes, el perrito ese del papel higiénico. Por supuesto, se llama Camilo, aunque tiene cara de Toby. O de Pepín, pero fue el único que encontré en las escasas dos horas que tuve desde que me enteré de que le daban el alta.

Él no necesita más. Sabe lo que eso significa.

Que estoy aquí, que sigo aquí. Aunque, como te dije, esta vida nuestra ya no es la misma.

Han cambiado cosas.

He cambiado yo.

La jodidaególatra malcriada está pensando más allá de ella.

Ha cambiado la fecha de la boda, por supuesto. Quizá dentro de seis meses. No sé, tal vez más. Hasta que se acostumbre. Hasta que vendamos el chalé o encontremos otro piso.

Al parecer, las sillas de ruedas y los chalés de tres plantas no son una buena combinación.

Patria

Viviana

«Me gusta Madrid», le dije a Inés el día que me la encontré en el metro. Y no le mentí, papá. Pero como Loira… No sé bien qué tiene la tierra que se te mete dentro. O quizá no, quizá no es más que una ilusión. El deseo de un vínculo para dar sentido a la propia vida. Igual no es un sentimiento real. Igual es que sentimos que así es como ha de ser, del mismo modo que una madre tiene que querer a una hija, Igual que hay cosas que son simplemente así, y que no pueden ser de otra manera.

¿Recuerdas a tu hermano Luis? «Cuando todo me falló, siempre me quedó la tierra.» Eso decía siempre. Y tu hermano no era un loco. Tenía razón en muchas de las cosas que decía. Cuando regresó de Venezuela no traía ni un duro. Y a pesar de eso, desde el primer día hasta que se murió no paró de decir que lo mejor que había hecho en su vida había sido emigrar. «Porque así supe lo que era bueno en la vida, nena: volver a Loira. No hay nada como esto», decía. Se pasaba los días sin hacer nada más que estar sentado en ese puente, mirando a su alrededor. Con esa mirada que tienen mis Irinas cuando hablan de Brașov.

La misma que la de ese chico nigeriano que hoy estaba pidiendo a la puerta del supermercado.

Le he dado cincuenta euros, papá. Y ya sabes tú lo que ahorro. Que no gasto nada. Ya lo sabes.

Pero esa mirada, papá.

Esa mirada…

Diego y el principio de incertidumbre de Heisenberg

Marina

¡Hola, Jorge!

No sé por qué empiezo saludándote, si ya sé que no vas a escuchar esto. Pero tengo que seguir hablando contigo. Por lo menos hasta que la presencia de tu móvil en el aparador de la entrada no me duela. Hasta que no extrañe nuestras conversaciones de medianoche, los maratones de series de Netflix, tus lecciones de filosofía vital. No sabes cómo las echo de menos. Nunca he tenido esa capacidad de disección tuya, esa facultad de análisis. Debiste estudiar Filosofía. O Psicología. Pero preferiste entrenar cuerpos en lugar de mentes. A mí me entrenaste en todos los sentidos.

Recuerdo todas las historias de tus alumnos del gimnasio. Esa manía tuya de definirlos con una sola palabra: Tristón, Neurótica, Amaestrado, Lelo, Espabilado, Avasalladora, Deliberante, Copulador. Y así hasta mil adjetivos para denominar a tus alumnos. Y mil historias. «Copulador y Neurótica han quedado hoy a la salida del gimnasio. Tristón no podía creérselo. Me han entrado ganas de invitarlo a una cerveza para consolarlo.» Esos seres eran nuestra familia. Los echo de menos. A ellos. A ti. Y hasta echo de menos los meses oscuros. Oscura. Esa era yo. Sumergida en mi soledad, lamiendo mis heridas, gozando de mi dolor.

Pero la oscuridad pasó, igual que el verano. Y el otoño preludia un invierno largo en el que la presencia de Diego mitigará tu ausencia. Somos Herida y Terapéutico en tu idioma calificador.

No sé hacia dónde va esta relación. Diego es todo lo que necesito. Tan distinto a ti. A mí. Simplemente sé que cuando estoy con él, no pienso en nosotros. Nos reímos. Él adora los animales. Yo los aborrezco de una manera desafiante que le encanta. Juego con él a instaurar nuestro propio universo calificador. Y bautizo a mis clientes con nombres sugestivos: MissPorscheCayenne, Misteryahoraquiénvaaplancharmelascamisas.

También hablamos de sus clientes. Yo soy MissnoaguantomásalidiotadelgatoMilan. No digas que no es gracioso. Es tan divertido… Había olvidado lo divertido que es reír por reír. Y me gusta descubrir el sexo de nuevo. Un sexo no contaminado por la rutina. Un sexo sin amor, con cariño, con respeto, sin reproches. Un sexo de aprendizaje. No apresurado, como lo fue el sexo con Quique. En fin, ya te lo definí antes: terapéutico.

¿Y hacia dónde van Herida y Terapéutico? No lo sé. Solo sé que estoy empezando a sentirme bien. Conmigo. Con Diego. Con mi vecina y la sorpresa que le estoy preparando. Con Rodrigo. Es que de repente se me está llenando la vida. No sé qué me deparará el futuro. Creo que no me importa mucho. Recuerdo ahora a Heisenberg. No recuerdo la teoría, pero sí el nombre: principio de incertidumbre. Ya ves que algo me quedó de tus aburridas lecciones nocturnas. No sé dónde aprendías tanto. No sería en el *Sportlife*. Quizá tú sí usabas el diccionario enciclopédico.

Principio de incertidumbre. Creo que Heisenberg fue capaz de analizar con parámetros físicos una realidad vital. El conocimiento exacto no existe. Espera, voy a buscarlo en Google. Ya está. Según la

Wikipedia, Heisenberg afirma que no se puede determinar, en términos de física cuántica, simultáneamente y con precisión arbitraria, ciertos pares de variables físicas, como son la posición y el momento lineal (cantidad de movimiento) de un objeto dado.

¡Vaya! Me he quedado igual. Según esto no puedo determinar al mismo tiempo y con precisión el punto exacto de mi relación con Diego y el sentido de la evolución de la misma. ¡Dios! Esto se me da fatal. Por eso estudié Derecho, porque no tengo imaginación.

Por eso te necesito. Echo de menos tu capacidad de disección.

O simplemente, te echo de menos.

Cinco años en un día

Carmela

¡Hola, Manuel!

Lo que daría porque me vieses en este momento. Aquí, delante del espejo. Me miro y no me reconozco. No soy yo. O sí. Quizá la mujer que me está mirando es la que siempre debí ser. Es una Carmela distinta.

No sé ni por dónde empezar. Fue todo tan extraño. ¿Sabes qué?, todo pasa por algo. Creo que no es casualidad esta amistad mía con Marina. Muy extraña, porque ella podría ser mi hija. Pero no sé si fue Dios, si es que existe, quien me la puso en el camino o quién fue. Solo sé que ahora todo parece tener sentido, hijo. Que me alegro de haberle contado lo que me pasa y de haberle contado mi vida entera. Que ahora, ya de vieja, me he vuelto deslenguada, pero no me arrepiento. Todo pasa por algo.

Hoy ha venido Marina a buscarme. Dijo que era sábado y que quería pasar el día conmigo. Que no tenía nada mejor que hacer. Que se le había ocurrido que podíamos celebrar mi cumpleaños. Yo iba a decirle que mi cumpleaños era en abril. Y entonces me di cuenta de que no habría más cumpleaños.

Me equivocaba.

Por la mañana celebramos mis setenta y seis años en una de las peluquerías de la ciudad. Me cobraron por el tinte y el peinado lo mismo que pago en todo el año en la peluquería de Ana Mari. Aunque todo hay que decirlo, me pusieron un café y me hicieron un masaje en las manos que me dejó nueva. También me maquillaron. Y parece ser que tengo unos ojos verdes muy bonitos y unos pómulos muy pronunciados.

Para celebrar los setenta y siete fuimos a comprar ropa. Un vestido muy elegante. No sé, si te casases, hasta me serviría para ir de madrina. Y también unos zapatos y una cartera a juego. Eso me lo pagó Marina. Ni que fuésemos tan amigas. No se lo quise consentir. Eso es porque te doy pena, le dije. Y ella se rio y dijo que no, que eso era por haberle sacado de encima al gato Milan. Y porque durante la comida iba a tener que aguantar toda la historia de su jodido divorcio civilizado. Esas palabras son suyas, que yo no hablo así, ya lo sabes.

Así que fuimos a celebrar mi setenta y ocho cumpleaños a Casa Solla. ¡Ay, hijito! Nadie debería morir sin probar ese menú. Yo ya lo he hecho. Lo de comer, no lo de morir. Ya sé que siempre he dicho que donde se ponga un buen cocido que se quiten esos platos enormes con esas comiditas de juguete en el medio. Pero una cosa es decirlo y otra es probarlo. Creo que he llegado al cielo con un par de meses de adelanto.

Por mi setenta y nueve cumpleaños tomamos un combinado de esos de ginebra con tónica en una terraza en Vigo. En la playa de Samil, con las islas Cíes enfrente.

Y por mi ochenta aniversario, Marina me dijo que tenía una sorpresa muy especial. Y, ya en su casa, me llevó al ordenador.

Y allí estaba.

Vicente.

Soplaba las velas de su ochenta cumpleaños. Los mismos que yo, que acababa de recorrer cinco en un día. Estaba igual. Mayor, con el cabello blanco, pero tenía su sonrisa de siempre. Él siempre sonreía, ¿sabes? Tiene dos hijos y tres nietos. Debe de ser viudo también, no vi a su mujer por ningún sitio.

Y mientras lloraba estropeando este carísimo maquillaje, Marina me explicó que eran fotos de su nieto, que las había encontrado en el *feisbu* ese y que por eso me había pedido el nombre completo de él. Que no había sido complicado.

Me da igual que no sea complicado: a mí me lo parece. Le estoy tan agradecida que no sé qué decir. Ojalá pudiese explicarle cómo me siento, pero solo consigo llorar.

Y ahora que Marina se ha marchado, sigo llorando. Por muchas cosas. Pienso que no conozco a esa mujer del espejo, tan elegante que parece una de las protagonistas de *Dinastía*. ¿Cómo se llamaba? Alexis Carrington.

Y pienso en lo bien que he aprovechado este día.

Pienso que ahora sí, seguro, ya puedo morirme en paz.

Lápices de colores y garbanzos

Sara

Lo de la clase de zumba fue un fracaso. Una cosa es correr, pero lo de bailar se me da muy, pero que muy mal. Lo de la costura ni lo he empezado.

Debía de estar drogada cuando pagué la matrícula de eso. Al club de lectura voy de vez en cuando. Ahora paso muchas tardes en casa con Rubén. No le apetece demasiado salir. Él lee sin parar, así que yo de paso también. Tengo mil vidas en el Candy Crush. También saco de paseo a Camilo dos veces al día.

Es curioso lo de Rubén. Apenas habla, pero en cuanto llego a casa, me bombardea a whatsapps. Ahora mismo acabo de estar dos horas colgada del móvil. Y, sin embargo, cuando estoy delante de él, nada. Como ves, él también está haciendo conmigo su terapia en diferido.

Hablando de terapias, he dejado la medicación. Gradualmente. Total, tú siempre insistías para que bajase la dosis. El médico de cabecera está de acuerdo.

Al final tenías razón: estar ocupada ha sido mi mejor medicina.

Sigo con lo del comedor social. Y hasta me he hecho socia de una ONG. Esto ha sido porque una mujer que también es voluntaria del comedor casi nos obligó a todos. Hombre, obligar, lo que se dice obligar, no, pero es que su hijo es médico y está allí. Y una cosa nos llevó a la otra. He apadrinado a un niño. Se llama Omar y es saharaui. Y, gracias a mí, tiene garantizado papel y una caja de lápices de colores para asistir a la escuela local.

Omar me ha mandado una carta en la que dibujó un cielo gris lleno de gaviotas. Y escribió «Galicia» en el margen derecho. Y un «Para Sara» en el margen izquierdo.

Qué fácil es hacer feliz a alguien. Basta con ir a un comedor y llenar cuarenta platos de comida, recoger unas mesas, fregar una pila de platos. Basta con ingresar veinte euros al mes en la cuenta de una ONG.

Dicen que la filantropía reconforta mucho, pero no creas. Lo que es a mí, me pone de una mala hostia impresionante. Lo que en realidad quiero es estar al otro lado.

Ser ese niño en el desierto. Ponerme en la fila para recibir un plato de caldo o de garbanzos. Quisiera que alguien, con un simple gesto, extendiendo una mano, solucionase todos mis problemas.

Que alguien le devolviese el movimiento de las piernas a Rubén. Y, puestos a pedir, que Camilo dejase de mearse en el sofá.

Gran Hermano

Viviana

Una de las Irinas, Milenka, va a entrar en un *reality*. Ayer hicimos una fiesta de despedida. Yo preparé una tarta de tres chocolates en la Thermomix, y Roscof invitó a beber. Cava a cuenta de la casa. Con lo agarrado que es, aún le debe de estar doliendo el bolsillo. Eso sí, le pidió que si alguna vez habla de su pasado, repita bien alto «Xanadú» mientras mira a la cámara.

Ella dice que no tiene pensado hablar de su pasado. Como si no supiésemos para qué la quieren allí. Primero será la chica guapa de ojos azules y cuerpazo. Al tercer día caerá rendida a los pies de un chico que se llamará Toni o Johnny. Después alguien (siempre hay alguien) saldrá diciendo que Milenka no es una estudiante de Erasmus, sino puta. «Llegados a ese punto es cuando debes hablar bien del Xanadú», le dice Roscof.

«No sucederá», dice Milenka, y habla de lo que vendrá después. Quizá pueda salir en una portada de *Interviú*. Hacer bolos a razón de tres mil euros por noche. Seguir siendo puta, pero de las que cobran mil euros por servicio… Las posibilidades son infinitas, ríe ella.

Pienso en lo extraño que es este mundo, en cómo es posible que una chica de Odesa y una chica de Loira puedan estar en Madrid comiendo tarta de tres chocolates hecha en una Thermomix (valorada en quince polvos y siete mamadas) y deseando que una de ellas acabe desnuda en una revista bajo un titular que incluya la palabra «Xanadú».

«Podrías ser repostera», me dijo Roscof. Podría, papá. Podría ser tantas cosas. Concursante de *reality*, repostera, trabajadora de IKEA, profesora como Inés, hija abnegada que cuida de su madre, esposa de un médico, dueña de tu ferretería.

Las posibilidades son infinitas.

Quizá.

Ya no soy la tipa que odia al gato Milan

Marina

Le pedí a Rodrigo que dejase a Milan en casa de Carmela. ¿Cuánto tiempo? «Hasta que se muera.»

Y se ha muerto.

No Carmela.

Se ha muerto el gato Milan. Fue visto y no visto. Nos lo trajo Carmela ayer por la tarde. Estaba callado, con los ojos casi cerrados. «No ha querido pescado», sentenció Carmela. Enseguida llamamos a Diego. No había nada que hacer.

Avisamos a Rodrigo y le pusimos una inyección letal. Diego nos aseguró que no iba a sufrir. Él no. Sufrimos los demás.

Sufrió Rodrigo, que tomó conciencia de pronto de que había abandonado a Milan por su Ramón. Como si en ese amor no hubiese lugar para más afectos.

Sufrió Carmela, que anheló ese irse sin más, con placidez, con serenidad, con dignidad.

Sufrió Diego, por impotencia, por no poder evitarme el dolor de ese momento, igual que no había sido capaz de curarme otros dolores.

Sufrí yo, al darme cuenta de que quería a ese viejo gato gruñón. Y porque ese descubrimiento hizo que me cuestionase hasta qué

punto eran fiables mis sentimientos, hasta qué punto no me enga-
ñaba a mí misma y me escudaba en aquello que creía sentir, en qué
medida mi odio por Milan era real. ¿Y mi amor por ti? A lo mejor
también es un espejismo. Una vieja obsesión. Una simple prueba de
que no soy más que una testaruda incorregible.

Tengo que aprender a entender, a comprender que, quizá, solo
quizá, ya no te quiero.

Negra sombra

Carmela

¡Hola, hijo!

Hoy me has contado que se te ha muerto un niño. Y que ha sido por tu culpa. Como si no supiésemos los dos que los médicos no tenéis culpa de nada. No eres Dios, hijo. Tienes que pensar en todos los que has salvado. No pienses en lo que pasaría si te hubieses dado cuenta antes de su gravedad. Eres humano. Somos humanos. Cometemos errores. Quién sabe si no estoy cometiendo yo el error de mi vida al no estar gozando de mis últimos días junto a ti, al negarte esta decisión. Porque estoy decidiendo por ti. Como cuando eras niño y decidía qué te hacía de comer o qué ropa debías ponerte.

Pero ya eres un hombre. Sé que debería tratarte como el hombre que eres y no como a mi hijo.

Igual debí decirte que Alicia me llamó hace cinco años por Navidad.

No sé si me lo podrás perdonar todo.

Y si eso pasa, si estás enfadado, piensa que a mí sí me puedes culpar. Pero debes perdonarte a ti mismo por lo de ese niño.

Es que parece que tenemos encima de nosotros una negra sombra, como decía el cantar.

Se me ha muerto el gato. Mira, sé que puede parecerte un insulto que esté comparando la muerte de un animal con la de un niño, pero es que no puedo entender qué hace este Dios, si es que existe. Y es que ahora cada vez que digo la palabra «Dios» añado la frase: «Si es que existe», pero es que no puedo más que dudarlo. Y te digo que puedo entender que me muera yo. Es solo que me parece que el destino está todo el tiempo poniéndome a prueba.

Que me da por pensar que el pobre gato se murió solo por haberse arrimado a mí, así que no creo en Dios. O sí. Pero desde luego lo que sí creo es que todo pasa por algo. Que ese niño murió para que tú seas mejor médico. Que Milan murió para mostrarme que a todos nos llega. Da igual que lo sepas o no: a todos nos llega y no hay más.

Y gracias a esta enfermedad mía han pasado cosas buenas, buenas de verdad. He conocido a Marina. Recuperé a Vicente. Solo un poquito, pero me bastó. Gracias a esta enfermedad me he sentido libre para hablarte de tu padre. Y de mí. Y puede que consiga ayudar a la chica esa del comedor social. Que hoy mismo le he echado un sermón que creo que le ha dado para pensar un buen rato. Ya ves que estoy desconocida. Ando predicando como si fuese un cura.

¿Ves?, si no estuviese enferma, seguiría haciendo calceta mientras miro la telenovela. Y solo saldría de casa para jugar a la escoba los sábados con tu tía Dorinda.

Así que vamos a pensar que esta negra sombra no es tan negra. Vamos a pensar que Dios existe. Solo por si acaso.

Confesiones y Fairy

Sara

Rubén se ha marchado. Sin mí. Está en Santiago, en una clínica que dicen que es especialista en este tipo de dolencias y que está consiguiendo grandes resultados con personas que han perdido la movilidad de sus piernas.

Yo quise acompañarlo. Él no quiso. Fin. No voy a hablar de este asunto contigo.

Seguimos hablando a través del móvil durante horas, pero me siento sola. En el comedor social hay gente nueva. Y Carmela, la mujer que tiene el hijo en la ONG, pronto dejará de venir. Está enferma. Me lo ha contado hoy, mientras fregábamos la loza. Así, como si nada. «¡Cuánta gente hay últimamente por aquí! ¡Qué pena! Cada vez más jóvenes, cada vez con menos esperanza. Qué tristeza, hija. Una ve esto y casi no le da pena morir.» Y luego me pidió más Fairy.

Mierda, Bruno. Se muere de verdad. Como si fuese posible morirse de mentira. Bien, quizá sí se pueda. Yo lo hice.

Estuvimos mirando fotos de su hijo, allá en el desierto. Yo lo conozco, y seguro que tú también.

Es bastante mayor que nosotros, pero tiene un primo que jugaba contigo al balonmano, en el Teucro juvenil. Se llama Manuel. Es el primo de Miguel, ¿te acuerdas de él?

Si te estás preguntando por qué el hijo la deja sola mientras se muere, te cuento que él no sabe nada.

«Lo que es yo, prefiero morir en silencio», me dijo.

Y tal como me miró, supe que alguien le había contado lo mío.

Que quise morirme por todo lo alto, con el mayor estruendo posible.

Fue así, Bruno: quise morirme para que todos sufrieran.

Quise que lo supiese mi padre y se sintiera culpable, por acostarse con otra que ni siquiera cumple con el estereotipo de chica de veinte años que hace volverse loco a un hombre de cincuenta y cinco.

Quise que lo supiese mi madre, para que se diera cuenta de que no hacía lo suficiente. Que una casa en Sanxenxo no puede ser su principal preocupación.

Quise que Rubén entendiese que algo estaba fallando. Que tenía que demostrarme que esto iba a salir bien. Que no iba a dejarme después de treinta años por una corredora de seguros de cuarenta, como hizo mi padre.

Quise muchas cosas.

Todo esto se lo conté a Carmela, y creo que me entendió.

No imaginas lo que da de sí un bote de Fairy.

Hipotecas

Viviana

Acabo de llegar del banco. De cancelar mi deuda. Cien mil euros. Uno tras otro. Euro a euro. Céntimo a céntimo. Solo yo sé lo que hay detrás de ese dinero. Imposible calcular los hombres, las noches en el Xanadú, las ojeadas disimuladas al cronómetro, las mamadas, los condones, los lubricantes, los viajes en metro y en autobús, las Irinas que han entrado y salido de mi vida.

Resulta sórdido dicho así. Pero no lo es. Estoy orgullosa, papá. Orgullosa de que tú nunca supieses lo que ese cabrón me hizo. Lo que te quiso hacer a ti.

Le he llamado. Le he llamado, deseando, por primera vez en mi vida, oír su voz. Recordando el día en que me dijo que no sería capaz de conseguir el préstamo, que no tenía nada que hipotecar y que, si lo conseguía, nunca sería capaz de pagarlo.

Se equivocó. Me hipotequé a mí.

Le he llamado, pero no le he dejado hablar. Solo le dije que ya estaba, que no debía nada. Y colgué, sin dejarle tiempo para replicar. Pero aún me dio tiempo de oírle respirar al otro lado del teléfono. Y casi sentí de nuevo su aliento caliente en mi espalda.

Somos libres, papá.

Libres.

Y ahora, ¿cómo coño le digo a Roscof que quiero marcharme?

Lecciones del conde Drácula

Marina

Cuando era pequeña, me encantaba *Barrio Sésamo*. Pasaba las tardes con un erizo desnudo de color rosa. Y me parecía normal.

También me parecía normal la existencia de un monstruo azul que sobrevivía solo con galletas. Quizá por eso no me resultó extraño vivir tres meses solo con copos de maíz (que no me gustan) y lasaña recalentada.

Me gustaba mucho aquel muñeco pelado que se llamaba Coco. «¡Hola, soy Coco y estoy con la Jaca Paca!» Este se pasaba el tiempo explicando la diferencia entre cerca y lejos. Tú también me has dado algunas lecciones al respecto.

Pero mi favorito era el conde Drácula. Un conde neurótico, con una especie de TOC. Un maníaco compulsivo que lo contaba todo: pájaros, caramelos, pelotas de tenis. Y contaba por orden de una manera muy graciosa, añadiendo adjetivos a cada número. «Una. Una maravillosa pelota de tenis. Dos. Dos increíbles pelotas de tenis...» Y así hasta alcanzar el número diez. Yo aprendí a contar con él.

Y ahora voy a demostrarte lo bien que cuento.

Período oscuro: encerrada en el salón, viendo la teletienda y comiendo copos de maíz. Tres meses. Tres meses comprando cuchillos japoneses y envases de cocina. Tres meses. Tres oscuros, largos y jodidos meses.

Vuelta al trabajo sin Rodrigo, que estaba en esa Grecia que era nuestra, con su Ramón. Dos meses. Dos extraños e insólitos meses.

Firma del divorcio civilizado. Aquí comenzó una nueva etapa sin ti. Si no cuento mal, han transcurrido otros dos meses. Dos esperanzadores y reveladores meses.

Y ahora voy a demostrarte que también sé sumar: tres, más dos, más dos.

Siete.

Y ahora, por favor, ¿haces el favor de explicarme cuánto le falta para dar a luz a tu nueva novia?

Novias y fideos con almejas

Carmela

¡Hola, hijo!

Estoy en casa de Marina. Hoy se ha llevado un disgusto muy grande. Y yo una alegría. ¡Ay, hijo! Que tienes novia. Y acabo de verla, aquí, en el *feisbu* de Marina. Valeria. Italiana. Hombre, qué quieres que te diga. Que me gusta, claro que sí. Es guapa, con buen cuerpo. Y con carrera. Médico, como tú. ¡Estoy tan sorprendida! No sé ni qué decir. Qué hacer… Lo que me pide el cuerpo es ir corriendo a tu casa y sacar el teléfono de Ali de esa caja. No sé. No sé qué hacer. No sé si estoy destruyendo tu felicidad.

Mejor lo dejo donde está. Toma tú esa decisión. Tengo que dejar de decidir por ti. Quizá para seguir con tu vida necesitas enfrentarte a tu pasado.

Pienso en las cosas que me acabas de decir mientras hablábamos por teléfono: que le gustan los niños, que es una gran doctora, pediatra, que es una profesional muy buena. ¡Ay, hijo, que pareces un paciente en lugar de su novio! En fin, yo querría saber otras cosas de ella, pero ya no hay tiempo. Ya no.

¿Sabes los años que llevo esperando esta noticia? Y, sin embargo, ahora miro esa fotografía en el ordenador de Marina y siento que algo no está bien. No sé cómo explicarlo. Quiero decir que esa chica sonríe mucho. Es guapa, muy guapa, de verdad. Es que escucho todo lo que me cuenta Marina y parece una chica como Dios manda.

Ya sé lo que falla.

Parece feliz.

Eso es lo que falla.

Que tú no.

No digo que no seas feliz, digo que no lo pareces. Sonríes poco. Que es ella la que lo hace, ella la que te agarra por el hombro, ella la que te besa en la mejilla, ella la que extiende el pulgar hacia la cámara…

Eso es lo extraño, porque siempre fuiste tú el que quería salvar el mundo. Quizá ahora eres tú el que necesita ayuda, hijo. Y más que vas a necesitar. Qué difícil oírte decir que vendrías por Navidad, y que ella te acompañaría. Que querías que le preparase unos fideos con almejas. Y una empanada de zamburiñas. Que te morías por enseñarle Pontevedra. Que pasaríais aquí Nochebuena y Navidad, y el fin de año en Italia.

Y de nuevo las mentiras: que le presentaríamos a tu tía Dorinda, que ojalá me llevaseis a Italia a mí también, que hoy era un día feliz. Bueno, esto último, por lo menos, era verdad.

Y aquí estamos, Marina y yo, tomándonos un café. Dile algo Marina.

—Hola, Manuel, soy yo, Marina. Creo que tu madre ya te ha hablado de mí. Felicidades por esa novia tan guapa. Ya me he hecho socia de tu ONG. Prometo que conseguiré que mi amigo Rodrigo también lo haga. Y no hagas caso de lo que te cuente tu madre: soy muy buena vecina.

¡Oye, que yo nunca he dicho otra cosa!

Ay, hijo, qué tonterías estamos diciendo, que cuando escuches esto, seguramente que ya conocerás a Marina. Y entonces ya sabrás que no pasaremos la Navidad juntos. En fin, no quiero pensar en eso. Voy a hacer una cosa: voy a hacer unos fideos con almejas. Un buen puchero de ellos y los voy a dejar congelados. Seguro que a tu novia le gustan.

¿Tú sabes si la empanada de maíz se puede congelar?

Autoexilio

Sara

Estoy en Sober.

No te preocupes, no estoy exiliada. Esta vez ha sido voluntario. Papá y mamá han firmado los papeles del divorcio. Parece ser que no podían esperar la nueva fecha de la boda, y a papá ya le dio todo igual con tal de marcharse con Lola (¡Dios, qué nombre tan vulgar!, si se llamase Elisa o Sofía, por ejemplo, quizá la respetase un poco más).

Mamá lo ha conseguido todo: el Porsche Cayenne, el chalé en la Caeira, el de Sanxenxo, el piso de Santiago y dos mil quinientos euros al mes.

Y no para de llorar. A todas horas.

La semana pasada le vi en los ojos esa expresión que tan bien conozco. Así que me inventé que la abuela Aurora me había llamado, y me la he traído aquí.

No nos está yendo del todo mal. La abuela está sorprendentemente amable con mamá. Salimos a pasear todos los días. Camilo está enorme y anda como loco por estos caminos repletos de piedra y musgo. En una de estas, revolviendo por el suelo, se encuentra un petroglifo o una tumba castreña. Hay mucho de eso por aquí. A Monforte ya me dejan bajar. Más bien tengo que decir que ahora ya nadie se preocupa de lo que hago o dejo de hacer. Bajo cuando me apetece, porque necesito una dosis de asfalto (al menos, cada dos días). Mamá está asombradísima viendo cómo ayudo a la abuela. Y lo que como. Ayer la saqué de compras y le regalé un conjunto de running, porque a sus cincuenta y cinco años está de muy buen ver. El más fluorescente que encontré. Y otro para mí. Hay cosas que una debe hacer por una madre, sobre todo cuando descubres que las madres, efectivamente, son mujeres, aunque un día olvidasen que lo eran.

Ni de lejos pienses que ya soporto todas sus tonterías, pero, sea como sea, no puedo olvidar cómo se siente. Como yo, cuando descubrí que H. Ríos (Hugo/Heriberto/Higinio o como quiera que se llame) había dejado de trabajar en la gasolinera de la rotonda.

Como cuando Rubén decidió que, en su lucha, mejor solo.

Vale, de esto no te voy a hablar.

Te puedo hablar de que quizá deberías tratar a mamá. Que tiene que descubrir que ese acuerdo de divorcio, por el que lleva un año luchando, no la va a hacer feliz.

Qué fácil sería todo si la felicidad se pudiese resumir en un acuerdo de dos hojas. Pero ahora le toca descubrir que ese acuerdo no era lo que ella quería. Lo que ella quería era joder a papá. Y no ha podido.

Ahora tan solo tiene que descubrir qué es lo que realmente quiere. Más allá de mi padre y de esa Lola. Más allá de ese acuerdo de divorcio.

Y no va a ser fácil.

Te lo digo yo, que llevo siete meses hablando con un contestador.

Del amor y del sexo

Viviana

El otro día te dije que no podía contar el número de hombres con el que me había acostado.

Pero puedo echar la cuenta del único hombre con quien no lo hice: con Manuel.

Qué absurdo, qué broma estúpida, ¿verdad?

Pienso en lo que le negué, porque me daba asco compartir con él lo mismo que había compartido con el tío. Y él me quería, me quería de verdad. Como si se pudiese querer de mentira. Me merecía completa. Y me negué a él.

Y tú solo te acostaste con ella. Estoy segura. Siempre decías que ella había sido tu única novia, la única mujer que habías amado. Tu «dorna». Ella no te merecía, pero la amaste, plenamente.

¿Ves cómo nada tiene sentido?

Recuerdo el deseo en los ojos de Manuel.

Eran ojos llenos de amor. Nunca más he vuelto a sentir sobre mí esa mirada. Los hombres nunca miran a las mujeres como yo. Cierran los ojos. Y pagan. Por lo menos, pagan.

Y ahora esos ojos miran hacia otra. Hacia esa mujer que comparte su perfil de Facebook, bajo un cielo infinitamente azul. Un cielo de los que no existen en Galicia.

Qué absurdo.

Qué absurda esa voz metálica que repite constantemente: «El número marcado no contesta. Deje su mensaje después de la señal».

Qué absurdo que mamá siga viva y que, sin embargo, no haya nadie en casa para contestar al teléfono.

Qué absurdo es todo, papá.

Excusatio non petita, accusatio manifesta

Marina

En cuanto llamaste al interfono supe que venías a contármelo. Supe que me darías explicaciones. Y que esas explicaciones dolerían.

Y dolieron.

No duele que estés con otra. Yo estoy con Diego. Desde el momento en que firmé nuestro maravilloso divorcio civilizado supe que esto iba a suceder.

Duelen estos meses de culpas. Llevo meses viviendo en un mundo en condicional. Todos mis pensamientos comienzan por «¿Y si…?».

¿Y si hubiese obviado que Quique quería acostarse conmigo?

¿Y si pudiese volver a aquel fatídico 26 de mayo?

¿Y si hubiese rechazado su invitación para tomar un café que sí fue un café?

¿Y si no hubiese aceptado ir a su casa?

¿Y si no te lo hubiese contado todo al día siguiente?

¿Y si te hubiese pedido perdón y hubiese accedido a tener un hijo tuyo?

¿Y si hubiese querido a ese hijo tuyo como si fuese nuestro?

¿Y si te mintiese y te dijese que tenías razón, que mi obsesión por no tener hijos era solo una pose? ¿Cómo la denominaste? ¿Pseudointelectual?

Si hubiese cambiado el curso de alguna de estas decisiones, tú estarías conmigo.

«Fue tu culpa, Marina», pensaba yo. «Fue tu culpa, Marini», decían tus ojos.

Pero no era cuestión de culpas: era cuestión de decisiones. Resulta que decidiste que querías una familia. Y no te importó con quién, solo te importó tenerla. Cuando aún estaba purgando mis pecados, tú ya estabas construyendo un futuro sin mí. Mientras conducía camino de Compostela, escuchando la puta canción de Coldplay, para hacer la compra en un Mercadona, en un intento inútil de hacer penitencia, tu hijo (tuyo y de esa mujer) ya existía. Cuando llamaste a mi contestador para decirme «Te quiero, Marini», ya no había vuelta atrás.

¿Sabes que los abogados somos como los psicólogos? Y los matrimonialistas, más. Escucho historias increíbles en mi despacho, bajo esa atmósfera «gris Nueva York». Historias como la que me has contado tú hoy. He visto pasar por delante de mí hombres y mujeres que me decían: «fue culpa mía, fue culpa de él, de su madre, del alcohol…». ¿Sabes qué solía decirles? Que no hay culpas. Que en los divorcios no hay responsabilidades.

¿Y por qué no pude creerme yo mi propio discurso? ¿Por qué llevo siete meses cargando con el peso de la culpa?

Eso fue lo que dolió, Jorge. No lo de que ella sea la mujer de tu vida. Eso también me lo decías a mí. Eso pasará. También pasará esta angustia que siento ahora. Por cierto, la reconocí al instante. Es Avasalladora, la que pulverizaba récords de abdominales y flexiones. Lo supe por la forma en que me miró cuando nos cruzamos. Recuerdo que me hablabas de ella y de sus ganas de ser la número uno. Y eso no te gustaba. Dile de mi parte que sí, que ha ganado: te ha ganado a ti.

¿Y sabes qué, Jorge?, eso no es lo que me duele. Lo que en verdad me duele es que no me quisieses como yo te quise a ti. Y que me mintieses. Yo nunca te mentí.

Me gustaría haberte dicho todo esto, pero estoy ya tan acostumbrada a hablar con este contestador, que ya es mío, que me aguanté hasta que te marchaste. Dejé que hablases, sin interrumpirte. Sabía que nada de lo que dijeses iba a cambiar lo que siento.

Sobraban todas tus explicaciones.

Que yo recuerde, nadie te las había pedido.

Hablar sin hablar

Carmela

Ahora sí, hijo. Ahora muero en paz.

Fue hermoso estar de nuevo con Vicente. Cómo me miró. Cómo extendió su mano para tocar mi mejilla. Por un momento creí que se agacharía a vendar mi tobillo con un pañuelo. Quise explicarle, pero no me dejó. Alargó su dedo índice y selló mis labios. Y después me cogió de la mano y nos sentamos en un banco, un banco que había delante de la puerta de mi madre. Disfruté del tacto de su mano sobre la mía. Eran unas manos distintas: había pasado una vida entera por esas manos. Había pasado una vida entera por nosotros. Y, a pesar de ello, por un instante fui esa chiquilla de veinte años. Quise decirle que le quería. Y creo que se lo dije, aunque no recuerdo haber hablado.

Y así pasó la tarde. Una hora, dos, tres. Hablando sin hablarnos. Escuchando sin escucharnos.

Después desperté.

Comencé a toser y me faltó el aire. Sigue faltándome.

Creo que no fue un sueño. Quizá fue Dios, si es que existe.

Me falta el aire, hijo. Y me sobra vida dentro.

Estoy empapada en sudor. Creo que tengo fiebre.

Voy a llamar a Marina.

Sola

Sara

Acaba de llamarme Rubén.

Que está mejorando. Y que no quiere casarse conmigo. Y que…

Mierda. No puedo.

Esto no te lo puedo contar.

No me llames. Tranquilo, Bruno, estoy bien. En serio, estoy bien.

Es solo que no te lo quiero contar.

Círculo vicioso

Viviana

La mujer de la que te hablé ayer, la que acompaña a Manuel en su muro de Facebook, tiene unos ojos azules increíbles, casi como los de las Irinas. Limpios, papá. ¡Tan limpios! Mi mirada es oscura. De tan oscura, esquiva. De tan esquiva, no puedo ni encontrarla.

Porque me miro en el espejo buscando a Alicia, sin peluca. Y no la encuentro, papá. Ni rastro de la niña que tiraba el Cola Cao por el fregadero a escondidas. De la niña que se peleaba con Inés a la puerta de la tienda del Cachón. De la chica que recibía de Manuel besos con sabor a piña.

Todo es una cadena. Un círculo que no se cierra.

La Valeria de Facebook está enamorada de Manuel, de mi Manuel, que estaba enamorado de mí, Alicia, la chica que desapareció dentro de Viviana, la mujer a la que amaron mil hombres y a la que también quisiste tú, papá, de forma distinta en la que amabas a mi madre, que creo que amaba al tío Paco, que no amaba a Alicia pero deseaba su cuerpo y quien, por escapar de él, desapareció detrás del espejo, donde Viviana, que quiere dejar de ser Viviana, busca su mirada esquiva mientras piensa en la mirada limpia de una chica que ama a Manuel. Y podríamos volver a empezar.

Tonterías.

Solo digo tonterías.

Hoy, peluca rubia de melena larga. Así sí, esta ya soy yo.

Alicia, como siempre, sigue escondida en su mundo detrás del espejo.

El cielo de los gatos

Marina

Enterramos a Milan en una parcela que tiene Carmela en Beluso. Carmela dijo que merecía un entierro como Dios manda, que ese gato había sido la última compañía que había tenido en este mundo. Y que, desde luego, no había sido peor compañía que el malnacido de su marido. Lo dijo así, sin pestañear. Liberada de todo pudor por la inminencia de lo que le viene encima.

Y desde entonces una vez a la semana me hace llevarla a Beluso para ponerle flores al gato. Yo rezo breves oraciones por él. «Señor, cuida del gato Milan, dale sardinas todos los días, consíguele un amo en el cielo de los gatos que no sea alérgico a su pelo, perdona sus vómitos incontrolados. Amén.» Y Carmela se ríe a carcajadas. «No existe el cielo de los gatos, hijita —dice—. Ni siquiera tengo claro que exista el cielo. Claro que no me queda mucho para comprobarlo.»

Y yo río con ella.

Pienso que no sé si existe el cielo de los gatos, pero que, si existe, ese gato estará en él. Por traerme a Carmela (y sus *filloas* con miel). Por hacer feliz a Rodrigo hasta que encontró a su Ramón. Y por presentarme a Diego.

También pienso que existe un cielo de las personas. Por pura lógica. Carmela y Chus la del cuarto no pueden acabar en el mismo sitio. Tiene que haber una recompensa. Herida y Terapéutico no pueden acabar en el mismo lugar que Avasalladora y Pérfido.

No me lo tomes a mal, Jorge. Es solo que estoy triste, triste de verdad. Sin nada más. Nada de tristicidad. Sin esas gilipolleces que se me ocurren cuando se me va la olla. Estoy simplemente triste. Sin autocomplacencia. Sin echarte en cara mi propia tristeza. Por primera vez, ese sentimiento no tiene que ver contigo. Tiene que ver conmigo.

Tiene que ver con que no soporto pensar que mi vecina, en la que no había reparado en los últimos siete años y que en estos meses se ha convertido en mi gran apoyo, se va a morir pronto. Siete años de matrimonio. Siete meses de purgatorio. Estoy triste porque no sé lo que quiero. Y porque sé lo que no quiero.

No quiero que se muera Carmela.

No quiero a Diego.

No quiero decírselo.

Quién decide por quién

Carmela

¡Hola, Manuel!

Soy Marina, la vecina de tu madre.

Te estoy llamando al móvil porque es muy urgente que te pongas en contacto conmigo. Imagino que andas muy ocupado, ya es la cuarta vez que me salta el contestador. Acabo de mandarte un mensaje por Facebook, y otro a tu novia. En cuanto cuelgue, intentaré localizaros a través de las oficinas de la ONG.

Tu madre está muy mal.

De hecho, hace meses que está muy malita.

En este momento me estoy sintiendo fatal por no hacer caso de sus peticiones. Ella misma decía que lo que estaba haciendo no estaba bien. Que estaba decidiendo por ti. Y decidió que no compartieses su final. Quizá yo también debí decidir por ella. Quizá debí llamarte antes. Creo que he estado tan preocupada por mi vida que no he pensado esto en condiciones, que no lo medité como debía.

Debí ignorar sus deseos. Debí llamarte.

Debí contarte que se moría.

Ahora solo puedo pedirte perdón. Y que te apures.

Que se muere.

De lo que dio de sí el último medio año

Sara

¡Hola, Bruno!

Seis meses. Creo que estoy casi curada.

Durante este tiempo he apoyado a mi madre en su divorcio y he superado la ruptura con mi novio. Y en ningún momento he levantado el teléfono para contarte mis penas. Será que no lo son. No son penas. Es simplemente la vida. No hace falta filosofía ni psicoanálisis.

Rubén ya se tiene en pie. Las lesiones que lo paralizaban son reversibles. Volverá a caminar.

Ya lo ves, todo son buenas noticias.

No quiere casarse conmigo, y creo que ahora ya estoy preparada para hablarte de esto. Te lo mereces. Por tu paciencia. Por los correos electrónicos que tanto me han ayudado durante estos seis meses. Por no intentar verme ni venir a molestarme a mi casa.

Es muy simple: no me quiere.

Dice que esta nueva Sara no es la Sara de la que él se enamoró. Que estoy muy preocupada por todo: por el comedor social, por mi madre, por una ONG en el desierto. Que no fui al hospital durante un mes, cuando lo de su accidente.

Ojalá pudiese explicarle lo que ese hospital significaba para mí. Que en ese hospital casi me muero de verdad queriendo morir de mentira. Pero ese es el asunto, Bruno, que no debería ser necesario explicárselo.

No puedo culparlo por no entenderme.

Todo lo que te conté a ti debí contárselo a él. Porque si estás más cómoda hablándole a un contestador que a tu novio, algo falla.

Ahora lo sé.

Y después está lo de Carmela, pero eso ya te lo contaré con calma.

Mamá está mejor, más animada. Se cuida. Está aprendiendo a ser ella misma. Sin ser la mujer de Viñas. Y no le está resultando fácil.

Ya lo ves. Han pasado un montón de cosas en este medio año. Muchas.

Medité mucho en Sober.

En fin, te dejo, Bruno.

Por cierto, necesito que hagas algo por mí: necesito que rescates a Camilo de casa de mi madre. Decididamente, no pensé bien lo de dejarlo con ella, porque…

¡Mierda!, tengo que colgar. Te llamo mañana. ¡Voy a perder el avión!

Despedidas

Viviana

Corre el rumor de que Roscof nació en Moscú y que lo enviaron las mafias rusas, para controlar el negocio no solo en el Xanadú, sino en toda la capital.

Él nunca lo desmiente, pero los que lo conocemos bien sabemos que se llama Silverio Beltrán y que es de Jerez. Que el mote se lo pusieron en la mili por el pelo rubio y los ojos azules. Que va de duro, pero que es un pedazo de pan. Te lo digo yo, que en estos siete años he visto de todo en el Xanadú. Recuerdo que lloró como un niño cuando se murió una de las Irinas, que se metía de todo.

Hoy también ha llorado.

Después de acabar con el último (y definitivo) cliente, me di cuenta de que ya no más, de que la única razón por la que hacía esto ya ha desaparecido.

Entré en la oficina de Roscof por última (y definitiva) vez para explicárselo. Creo que le debía eso: una última (y definitiva) explicación. Me sorprendió diciéndome que ya sabía que este día estaba a punto de llegar. Él no sabe lo del tío Paco, ni lo de la deuda. Pero sabe que, desde hace unos días, incluso sonrío, que canto mientras pongo copas. Ayer hasta le pedí a Abigaíl que me enseñase a bailar un chachachá.

«Este no es lugar para mujeres felices», me dijo. Y que estaba claro que yo me moría de ganas de serlo. De reír. De olvidar.

Creo que se me nota mucho que me siento libre.

Hablemos de libertad. Te dije un día que aquí éramos libres. Desde luego. Pero solo de puertas para adentro. En cuanto se abre la puerta del Xanadú, asoman mil razones que te hacen volver a entrar. Una deuda. Un hijo enfermo. Una familia entera en el paro. La necesidad de pagar un cambio de sexo para llamarte Abigaíl, cuando tu verdadero nombre es Miguel.

Y ahí se acaba la libertad. Es esta mierda de sistema lo que te lleva al Xanadú.

Roscof lloró, sí. Dijo que porque estaba borracho. Me hizo tomar tres tequilas del bueno, de la botella de Don Julio que guarda en la caja fuerte. Fue una buena despedida. Le pedí que no le dijese nada a las demás. Ni a Nicoleta, mi Irina preferida. Ahora él también las llama así: Irinas.

Antes de marcharse, me preguntó de qué color tenía el cabello. Me quité la peluca. Para esa última (y definitiva) noche, había elegido la de Doris Day.

La melena me cayó por encima de los hombros. No nos dijimos nada más.

La peluca la dejé allí. Le prometí que volvería para despedirme de las chicas. Ambos sabíamos que era mentira (mentir es fácil) y que esa era mi última (y definitiva) noche en el Xanadú.

Cosas que pensé que nunca sucederían
(segunda parte)

Marina

Soy tan rematadamente infantil, Jorge… Te juro que hasta el último momento creí que Carmela se iba a salvar. Como en las películas de Antena 3 de los domingos por la tarde. Pero no. Se ha muerto. Hace unos días llamó a mi puerta y me dijo: «Marinita, me muero. Llama a Manuel, hija».

Y lo llamé, claro que lo llamé. Llegó a tiempo para estar con ella en el hospital, pero apenas hablaron. Ella estuvo casi todo el tiempo sedada. «No ha sufrido», nos dijo el médico. Pero por supuesto que sufrió. Sufrió el tormento de despedirse de su único hijo a través de una máquina, porque sabía que para Manuel lo más importante era trabajar con los niños en la ONG. Creo que nunca he conocido a una mujer tan generosa como Carmela. Quizá hay que estar dotada de ese espíritu de sacrificio y de esa capacidad infinita para amar para ser madre. Quizá eso es lo que fallaba en mí. Que mi capacidad para amar era finita. Que mi amor era egoísta.

En el funeral estaba la chica de las capitulaciones matrimoniales. Me contó que ya no se casa. Hace bien. El matrimonio no es un contrato. Esa era otra de mis mentiras. El matrimonio es un boleto de lotería. Y toca muy pocas veces.

Así que ha pasado lo que creí que nunca sucedería: Carmela ha muerto. Ojalá esté en el cielo de los gatos, dándole sardinas al gato Milan. Amén.

Han pasado más cosas inesperadas. O no tan inesperadas. He dejado a Diego mientras tomaba un café, que esta vez sí era un café, en la plaza de la Herrería. Lo imprevisto no fue este fin anunciado. Lo imprevisto fue que él sintió alivio. Porque sabía que no le quería. Porque tenía miedo de acabar encerrado en su casa comiendo copos de maíz a oscuras. «Porque así me ibas a dejar, Marina.»

Estoy loca dejando ir a este tío. Casi no te he hablado de él, solo te he dado breves pinceladas. Porque, aunque sé que no escuchas, ni escucharás, estas grabaciones, me da reparo contarte más cosas de Diego. Ni imaginas lo paciente, inteligente, atento y ocurrente que puede llegar a ser. Me gusta su cuerpo blando, tan confortable, que no gordo, tan lejos de tu musculatura de acero que parece de mentira: me gusta que no cuestione mis decisiones. Me gusta que sea alto. Me gustan sus manos de jugador de balonmano. Me gustan sus ojos marrones. Comunes, amables, como todo él.

Me gustó su despedida. «Siempre he querido tener hijos, Marina, pero estaría encantado de no tenerlos contigo.»

Esto no tendría que haber pasado, pero ha pasado.

Y también pasó que le regalé a Rodrigo un bote de pintura verde limón, su color favorito. El «gris Nueva York» había sido una concesión suya. A cambio, su apellido era el primero en la placa.

Y además, como a partir de ahora ese es su espacio, solo suyo, también le regalé una placa nueva:

RODRIGO LIMÉNS
ABOGADO

Llegó el día

Carmela

¡Hola, Manuel!

Soy Marina, ahora llamando al contestador de tu casa. Estoy en mi coche, a las puertas del tanatorio. No voy a repetir las palabras de pésame.

Es increíble la cantidad de gente que ha venido a despedirse de tu madre. No solo los vecinos de su aldea, mucha más gente. Usuarios del comedor social. Cientos. Voluntarios y compañeros. Vecinos del edificio. Sus cuñadas, tus tías, los compañeros del taller de tu padre, los catequistas de la iglesia, las de la tienda de la calceta, las clientas de la peluquería de Ana Mari, el dueño del quiosco.

Cuesta imaginar este barrio sin ella.

Cuesta imaginar la vida sin ella. Y eso que cuando la conocí de verdad, ya sabía que esta amistad tenía fecha de caducidad.

No te voy a descubrir nada que no sepas de ella. Tenía la capacidad de transformar a las personas. Era generosa. La madre que hace años perdí. Lo que más me impresionaba de ella era la claridad con que veía las cosas.

La capacidad que tenía de simplificar la realidad, de entender lo que estaba pasando, de analizar los comportamientos humanos y comprenderlos. Cuántas verdades me dijo.

«Marina, olvida a Jorge. Ese hombre no te quiere.»

«Marina, a mí no me engañas, tú no quieres a Diego.»

«Marina, esa Chus no es mala, solo es infeliz.»

«Marina, ese gato lo único que tiene es hambre.»

«Marina, lo difícil no es vivir sin el hombre que amas: lo difícil es vivir con un hombre al que no quieres.»

Vas a pensar que estoy loca. Sé que no entiendes de qué estoy hablando.

Manuel, tu madre me ha cambiado la vida. Me ha enseñado muchas cosas. A mí, a la abogada estirada. Me ha enseñado que puedo vivir por mí. Me ha enseñado a amar sin medida. No conozco a nadie tan generoso como ella, siempre estaba pensando en los demás. Mira a esa gente del comedor social, se sabía los nombres de todos, su historia. Para ella no eran nombres en una cola: eran personas.

Creo que por eso no lloro: porque solo puedo pensar en todo lo que vivimos juntas. Y todo fue bueno. En fin, ahora voy a conducir hasta casa. Tengo que coger una carta que te escribió, y leértela. Y después volveré al tanatorio para acompañarla en este final.

Pedí que le tocasen una de Ana Kiro. El cura no estaba muy de acuerdo, pero lo conseguí.

Después del funeral, te contaré lo del contestador. Llegó el día. Es hora de que la escuches. Y pienso que será doloroso.

Pero esa era su voluntad.

No podemos decidir por ella. Ya decidió ella por nosotros.

Mil lápices de colores

Sara

¡Hola, Bruno!

Acabo de aterrizar en el aeropuerto de El Aaiún. Ya sé que has llamado a mi madre. El WhatsApp no ha parado de pitar en cuanto he pisado tierra firme.

Antes de que empieces a gritarme, ya te voy diciendo que esto no tiene vuelta atrás, que esta es una decisión muy meditada.

Pero de eso ya hablaremos mañana.

Hoy voy a contarte lo de Carmela. La señora del comedor social, ¿te acuerdas? La madre de Manuel.

Carmela se murió hace tres meses, más o menos. Unos días antes de morir, hizo traer a su hijo, que no sabía nada. Es un buen tío ese Manuel. En el funeral aguantó bastante el tipo, estaba bastante entero. Había muchísima gente. Hasta Marina, la abogada de mi madre que me había hecho las capitulaciones matrimoniales. Resultó ser vecina de Carmela.

Manuel me llamó una semana después del funeral. Tenía que darme una carta de Omar. Fui a su casa a buscarla. Ahí ya no era el mismo de unos días atrás, estaba deshecho. Su madre había estado mandándole mensajes al contestador de casa durante meses, contándole su enfermedad. Le habló de mí, de Marina, del comedor, de su vida, de su muerte…

La entiendo. Qué fácil es hablar con una máquina. Yo llevo meses haciéndolo. Mantuve una relación con Rubén solo con whatsapps. Superé una depresión solo con correos electrónicos.

Me dijo Manuel que en el lugar de donde él viene no hay tiempo para tablets, móviles o redes sociales. Las usan, claro, pero solo con el fin de mostrarle al mundo lo que hacen. Cuando luchas contra la anemia o contra la falta de medios sanitarios, no hay tiempo para pulsar un «Me gusta» en Facebook. Allí piensas en conseguir agua potable y material escolar para los niños, y no en compartirlo en Twitter. Y si estás feliz, ríes, no pulsas un emoticono que representa una mujer bailando sevillanas. Así de simple.

¿Cómo me puedes culpar por querer venir a comprobarlo?

Por cierto, tengo nueva dirección de correo electrónico: la de la ONG: saraviñas@millapicesdecolores.org. Podría seguir usando la otra, pero me hace ilusión darte esta.

Me voy a dormir. Mañana salimos hacia Tinduf.

Noticias

Viviana

Acaba de llamarme Inés. Se ha muerto la madre de Manuel.

Hubo momentos en los que deseé que se muriese. Y eso que él la quería mucho. Pero sé que si lo mío con Manuel no llegó a ninguna parte fue porque ella no lo aprobaba.

Desde luego, no era la típica mujer que le andaba metiendo ideas en la cabeza al hijo ni le hablaba de mí. Era peor. Mucho peor.

Era amable, considerada y educada, un encanto de mujer. Pero siempre supo que había algo que me hacía no estar a la altura de su Manuel. Yo se lo notaba. También Manuel.

Una vez la llamé. Por Navidad, hará unos cinco años. Me puse tonta y nostálgica. Casi sin pensarlo marqué el número de su casa. Le deseé felices fiestas y le dije que estaba en Madrid, trabajando en IKEA. No le dije nada más. Durante semanas viví pendiente del teléfono, pensando que ella le diría algo a Manuel. No lo hizo. No la culpo. Yo tampoco me querría como novia de mi hijo.

Seguro que le encanta la chica esa del Facebook (Valeria Coletti, natural del Piamonte. Licenciada en Medicina. Pelo largo y negro. Sin peluca. Ojos azules. Sin miradas esquivas. Película favorita: *Casablanca*. Libro favorito: la Biblia).

Bueno, a la vista de esto, la señora Carmela se habrá muerto en paz.

Es injusto culparla. Siempre fui yo la que no se dejó ayudar por Manuel, fui yo la que se distanció, la que siempre se negó a continuar. Porque sabía que tendría que contárselo todo. Y después pasó lo de la deuda. Y ya no hubo marcha atrás.

Tenía tantas ganas de volver, papá… Pero ahora no puedo. Él estará ahí. O no.

Quién sabe.

En fin, te dejo. Aún tengo que ducharme. Voy a una entrevista de trabajo.

Todo pasa por algo

Marina

Se acabó, Jorge.

Ciertamente, no gano nada dándole vueltas a lo que pudo ser y no fue. Esta es la vida que me toca vivir.

Tengo que conformarme con lo que me ofrece, aunque tiene un sentido del humor raro esta vida mía. En fin, llegó la hora de tomar decisiones por mí misma, sin cuestionar las que tomé en el pasado. Me parece estar oyendo a Carmela: «Ay, hijita, todo pasa por algo».

Se ha muerto.

Acaba de morirse.

Creo que no puedes comprender lo que siento. Para eso tendrías que conocer a la Marina que soy ahora. Carmela sí me conocía. Sé lo que me diría: que tengo que aprender a perdonarme. Y, primero, debo perdonarte a ti. Y voy a hacerlo. Tienes que dejar de ser Pérfido y volver a ser Jorge. No el Jorge con el que me haré vieja y pasearé por la ribera del Lérez: simplemente, Jorge.

Así que bajé a la droguería y compré una canasta enorme con productos de bebé.

Por un momento pensé en ir al Mercadona, hacen unas cestas bien chulas. Pero no. Eso lo habría hecho la antigua Marina. La nueva Marina tiene que demostrar que a un divorcio civilizado le sigue una relación aún más civilizada.

Fui a conocer a tu hijo. Jorgito. Y, ya de paso, me presenté a Avasalladora, que resultó llamarse Raquel. Y más bien la avasallé yo, porque estaba tan incómoda que creo que habría echado a correr de no haber sido por los puntos de la cesárea.

Hermoso, tu Jorgito. «Cuatro kilos ochocientos —presumió Raquel/Avasalladora—. El más grande nacido en Pontevedra en lo que va de año.» Pobrecita, alguien debería hacer algo con ese instinto competitivo. Me dio incluso pena. Me entraron ganas de decirle que se tranquilizase, que ya había ganado. *Game over.*

Me gustó tu piso nuevo. Me gustó que me dieses tu nuevo número de móvil. Yo sigo llamando a este. Ya no tiene sentido que escuches nada de mi vida. Es mía. Y si sigo llamando es porque me sale más barato que ir al psicólogo. También me gustó que preguntases por Diego. Y que me dieses el pésame por lo de Carmela. Tu madre te contó que yo estaba muy afectada.

Hubo cosas que no me gustaron.

Que me llamases Marini. «Marina», te corregí.

Tampoco me gustó que Raquel/Avasalladora me dijese que os ibais a casar. Exactamente no fue eso lo que me importó: me importó lo de que la llevarás a Grecia de luna de miel. Grecia era nuestra, Jorge. «A Mikonos», te apresuraste a aclarar. Vale, Mikonos no era nuestro, pero, no sé, podrías llevarla a la Riviera Maya, Jorge, o a los fiordos noruegos. Hay mil lugares, Jorge.

Y lo peor de todo: que me dijeses que tenía que adelgazar. «A ver si te sacas esos kilitos, Marini.»

«Marina», corregí.

Y sonreí.

Y no dije nada. Claro, me faltaba el contestador. Pero lo que daría por responderte en condiciones. Estoy imaginando tu cara. Me dan ganas de llamarte a tu móvil nuevo y decírtelo.

«No estoy gorda, gilipollas.

»Estoy preñada.»

La carta

Carmela

Aquí tengo la última carta de tu madre, Manuel. La tengo guardada en casa. Pasa cuando quieras a buscarla. La escribió mientras estabas de camino. Te la voy a leer, como ella me pidió.

«¡Hola, hijo!

»Quería que te quedase un recuerdo final. Algo que no fuese una llamada. Algo que pudieses guardar entre las páginas de un libro. Esta carta es ese recuerdo. Espero que sea un recuerdo feliz.

»Quiero que sepas que estos últimos meses han sido distintos. Decir en voz alta lo que llevaba tantos años guardando me ha curado. No ha curado el cáncer, pero me ha curado por dentro.

»No le guardes rencor a tu padre. Hizo lo que pudo. Y como pudo.

»Sé feliz.

»Mira tu muñeca.

»Mira ese infinito.

»Y después mira hacia Valeria. Y si lo que sientes es así, infinito, haz una vida con ella.

»Pero si al mirar tu muñeca piensas en Alicia, llámala. Llámala, porque, si no, te morirás un día mientras sueñas que estás con ella sentado en un banco. Y eso será lo más cerca que estés de la felicidad.

»Esto es todo lo que te dejo. Esto es todo lo que tengo que decirte.

»Que todo pasa por algo. Que te quiero.

»Infinito.»

Insectos, calor y silencio

Sara

¡Hola!

Escucha un momento.

Sí. Sigo aquí. Pero… ¿lo has escuchado? Más bien…, ¿has escuchado cómo no se oye nada? Estoy hablando contigo y mi voz se hace grande. Me da incluso un poco de reparo. Esto es casi como rezar, como hablar con un Dios superior. Qué tonterías digo. Debe de ser una insolación. Todos los dioses, por definición, son seres superiores. Debería estar prohibido romper este silencio. Estoy aquí, sentada en la oscuridad. Tan solo me alumbran los focos del todoterreno.

¡Aquí es todo tan distinto, Bruno! Bien, imagino que debería contarte lo hermosa que es la mirada de un niño. Y lo realizada que me siento al llevar a cabo esta encomiable labor humanitaria. Pero no. La jodida ególatra malcriada está de vuelta. No soporto la suciedad. El pelo lleno de polvo. La diarrea crónica. La comida. La comida merece un capítulo aparte. Esa forma de hacer bolas de cuscús, de servir con las manos, de eructar después de comer, uf…

Y el silencio. El silencio está bien o mal según el momento. Por ejemplo, ahora es genial. Aquí, apoyada contra la carrocería del todoterreno, que aún conserva el calor que se ha derramado sobre todos nosotros en las últimas horas. En otros momentos es asfixiante. Pero ahora no. En este momento agradezco oír tan solo esos pitidos que anuncian que no encontraré a nadie al otro lado del teléfono. Esos pitidos que me unen a esa consulta tuya que apenas pisé. ¿Y sabes qué?, ya no recuerdo para qué necesitaba ir a tu consulta. Ahora todo me parece una broma. Pensar que quise morir es casi un chiste. Para mearme de la risa. Como para contárselo por ejemplo a Hadiya, la madre de Omar. Su hermano de dieciséis años se ahogó intentando llegar a España. Su marido, sin embargo, lo consiguió. Claro que de eso hace tres años, y no sabe nada de él desde que se instaló en un barrio marginal de las afueras de París.

Omar es diabético. A veces hay insulina, a veces no. Hace dos años estuvo a punto de morir de una subida de azúcar.

Y los motivos para morir los tenía yo, que lo único que quería era que, un instante, solo un instante, mis padres dejasen de pelearse por el maldito Porsche Cayenne.

Así, dicho en voz alta, en medio de este desierto, aún resulta más estúpido de lo que es.

No sé qué pensaba que iba a encontrar en este sitio. Simplemente hay insectos, calor, miseria, polvo… Silencio.

En fin. A ti no te puedo engañar. A mi familia le cuento la satisfacción que me produce estar aquí, ayudando a esos niños.

Pero lo único en lo que puedo pensar es que mataría por un bote de acondicionador para el pelo.

No sabes cómo se reseca con tanto sol.

Bip, bip, bip, el sonido de las máquinas

Viviana

¡No te lo vas a creer!

Estoy trabajando en IKEA.

Allá me fui, a la entrevista. Presenté el currículum. Ya sabes. El COU y el FP2 de contabilidad. La experiencia en llevar las cuentas de tu ferretería, los años que trabajé en aquella gestoría de Marín. ¿Idiomas? Inglés medio. Como todo el mundo en este país. Casi puedo oír a Roscof: «Francés, experta en francés». Que no…, tranquilo, que fui muy formal y…, *voilà!*: ya tengo mi uniforme amarillo y azul. Por supuesto, trabajo de cajera. Para llevar la contabilidad ya tienen licenciados en Económicas.

Me gusta, papá. Me gusta descifrar los nombres de los productos («Armario Godmorgon»…; no sé, suena a protagonista de *El Señor de los Anillos*). La comida de la cafetería, el tumulto del fin de semana. Me gusta todo. Lo que más: ese bip, bip, bip que hace el aparatito que lee los códigos de barras. Tengo compañeros que dicen que les crispa los nervios. A mí no. Me gusta la cadencia de ese bip. Y al final de los bips, lo mismo que en el Xanadú: «¿Tarjeta o efectivo?». Y nunca olvido preguntar por la tarjeta IKEA FAMILY.

Es un buen trabajo, piensen lo que piensen en Loira, donde opinan que, para venir a Madrid, mejor trabajar en algo importante.

Esto es importante.

Y el mensaje de Manuel en el contestador de mi móvil, también.

Lo imagino sentado en el salón de su casa escuchando los rítmicos pitidos de mi teléfono silenciado. Ese piiiiiiiiiiii, piiiiiiiiiiii, que no oigo porque estoy atendiendo al bip, bip, bip.

Y la frase de después. Tras cinco largos piiiiiiiiiiiiis: «El número marcado no contesta. Deje su mensaje después de la señal».

Ya lo ves. Él habla con una máquina. Yo hablo con esta máquina. Miles de personas hablan con máquinas. Me muero por oír de nuevo su voz. No en ese vídeo de ocho segundos del telediario. Me muero por marcar el número del contestador. Escuchar su mensaje. Pero creo que no lo haré. Prefiero adivinar lo que quiere. Quizá solo quiere contarme que se murió Carmela. Que se casa con esa Valeria. Que siente mucho tu muerte, papá. No quiero hablar con él. No quiero que me pregunte por qué no volví a Galicia por tu funeral.

¿Por qué no lo hice, papá?

Antibrexit

Marina

¡Hola, Jorge!

¡Qué coño! Tengo que dejar de hablar como si esta conversación tuviese algo que ver contigo.

Las cosas que me pasan ya no tienen que ver contigo. El problema es que no sé para quién hablo. Para este bebé que me crece dentro, no.

Creo que voy a hablarle a Carmela. Ella siempre me escuchaba.

¡Hola, Carmela!

Espero que estés en el cielo. En el de los gatos, con Milan. O en el de los humanos. Te estoy llamando desde Inglaterra, cerca de Oxford. He conseguido una beca de investigación de dos años. Espero que no se vea afectada por el Brexit. Estoy haciendo un estudio de derecho comparado. Siempre me entusiasmó el derecho anglosajón. En fin, no creo que esto te interese mucho.

Rodrigo y Ramón están bien. Se casan dentro de un mes. No iré a la boda, pero han prometido venir de visita.

Jorge ya ha tenido a su hijo.

Y yo también voy a tener uno. Una niña. Estoy de seis meses, y bien gorda. Te encantaría verme. Es curioso, en el siglo pasado las españolas venían aquí para abortar, y yo vengo aquí para dar a luz a esta niña.

«Todo pasa por algo», acostumbrabas decir. Como si hubiese lógica en el hecho de que una mujer de setenta y cinco años se muera de un cáncer sin que le dé tiempo de despedirse de su hijo. Pero tienes razón. Tu enfermedad te trajo a mí, y ahora en cada decisión que tomo pienso en lo que harías tú. Y eso me ayuda a tomar mejores decisiones. Decisiones meditadas, correctas, consecuentes. Decisiones que sé que no cuestionaré en el futuro.

Por lo demás, todo marcha bien. El embarazo me sienta de maravilla. La comida aquí es un asco. Tendrías que ver el pescado frito que venden por la calle, ni Milan sería capaz de comérselo. El tiempo es igual que en Galicia. Y hay un montón de españoles. Y de gallegos, por supuesto.

No tengo morriña de Galicia. Ni de Pontevedra. Ni de la vecina del cuarto. Y no pienses que estoy siendo mala. Le regalé a Chus mi orquídea miltonia. Antes de venir a Londres, se la llevé en un arrebato de buena voluntad. Le dije que me iba al extranjero (sin especificar, ¡que estamos hablando de Chus!) y que me gustaría que se quedase con ella. Se emocionó. «Lo siento», me dijo. Es su forma de pedir perdón. Y de mostrar su pena por que Jorge tenga un hijo. No le contesté. Me marché, dejando tras de mí su imagen, que, para siempre, es la de la mujer que tendía una funda nórdica verde cuando estaba a punto de llover.

Y nada más, Carmela. Manuel está en casa. Me llama de vez en cuando, y hablamos por Skype.

Espero que estés a gusto en ese cielo, que tiene que existir solo para que tú lo goces.

Amén.

Grelos y otras historias

Carmela

¡Hola, sobrino!

Soy la tía Dorinda. Desde que hablamos ayer por la tarde, no paro de darle vueltas a lo lista que era tu madre. Qué lista era.

Cuando me contaste lo que había hecho, lo de dejarte los mensajes, pensé que ojalá pudiese volver atrás, dejarle a ella unos cuantos, contarle muchas cosas. Y ahora, Manuel, si no te importa, me voy a confesar aquí, porque esta mañana he ido a su tumba y le he hablado en voz alta, pero claro, nadie me asegura que me haya oído. Pero tú sí que me oirás.

Porque no quiero morir con esto. Llevo más de cincuenta años callando.

Yo era su hermana favorita. La que siempre la apoyó. Tu madrina. La que la acompañó cuando le faltó Caride. La que la visitaba todos los jueves. La que quedaba todos los fines de semana con ella para jugar la partida.

Llevo más de cincuenta años ocultando que yo sabía que Vicente la buscaba. Que ayudé a mamá a ocultárselo. Que entre mamá y Caride me convencieron de que ella sería más feliz aquí, con nosotros. Que Vicente quería llevársela a las Américas.

Fui muy egoísta.

Yo ayudé a mamá a escribir esas cartas en las que le decíamos a Vicente que no escribiese más. Que ella iba a casarse con otro. Y ayudé a esconder las que llegaban.

Y pienso en lo que me has contado. Que ella se sentía culpable por estar decidiendo por ti. Y sé que tú, en estos momentos, piensas que debió llamarte. Igual tienes razón.

Yo decidí por ella. Todos lo hicimos.

Y llevo años diciendo que estuvo bien. Que ella fue feliz. Que cuánto te quería. Que cuánto nos queríamos. Que sabe Dios lo que habría sido de ella por esos mundos, lejos de nosotros. Pero sé que no estuvo bien. Dentro de mí, lo sé. Siempre lo supe. Ojalá pudiese oírme. Sé que me perdonaría. Porque ella siempre decía que no era buena, que no aguantaba a mucha gente. Pero es mentira: era muy buena, Manuel.

Y ahora ya no puedo hacer nada. Llevarte unos grelos, unas botellas de vino de esta vendimia, contarte cómo era ella de joven, conseguirte fotos de la familia para ese álbum familiar que andas haciendo.

Y contarte la verdad.

Creo que ya me encuentro mejor. Sí que sienta bien esto. No me extraña que te dejase un montón de mensajes.

Pero qué lista era…

Organización mental (transitoria)

Sara

Vuelvo al tema de las listas. A ti te encantan. Y a mí me ayudan a ordenar mis pensamientos. (Decididamente, Conchita estaría muy orgullosa al oír de mis labios la palabra «ordenar».)

Así que ahí va la lista de noticias que he recibido esta semana.

- Mi madre ha estrellado el Porsche Cayenne. Dios, en cuanto me llegó el whatsapp reí y reí y reí. No podía parar. Los niños de la escuela me miraban como si estuviese loca. Reí como hacía años que no reía. Y al cabo de un minuto todos los niños reían también. Fue un efecto dominó perfecto. Mamá destroza su coche y, a dos mil setecientos noventa y ocho kilómetros, cuarenta y tres niños se parten de risa. Simplemente maravilloso.

- Rodrigo (un abogado que se presentó como el socio de Marina) me ha enviado una copia de una demanda interpuesta por Rubén contra mí. Al parecer, quiere que me haga cargo de la mitad de los gastos que quedaron pendientes tras cancelar la boda. Siete mil euros. Sí. Estás leyendo bien. Me dejó él. Y quiere que pague yo. Y estamos exactamente en el punto donde siempre creí que acabaríamos: separados y peleándonos a través de nuestros civilizados abogados, intentando jodernos mutuamente de la manera menos civilizada posible.

— He recibido un correo electrónico de una tal Rebeca, que por lo visto es la novia de Rubén. Quiere aclararme que está sacando a Rubén de la profunda depresión en la que se quedó sumido tras nuestra relación, que ella ha calificado de «tóxica», y que necesita que lo ayude a pasar página después de todo lo que ha sufrido. También me pide que cancele todas mis deudas. No puedo con esto. Rubén es el hombre de las recuperaciones fulgurantes. Se levantó en pocos meses de la silla de ruedas. En unas semanas está liquidando los gastos de una boda frustrada y casi organizando otra. No puedo con ella. En su perfil de Facebook (Becky Rivas, Fisioterapeuta, veintidós años) lleva una camiseta rosa fluorescente. Y casi me gusta. No sé cuál de las dos últimas afirmaciones me da más miedo.

— Vi en la web que has renovado la consulta. Y que ha quedado muy bien. Si vuelvo a casa, creo que podría contemplar la posibilidad de ir allí a contarte mis penas cara a cara.

— Recibí una caja con dos docenas de botes de acondicionador. Para cabello normal. Tú ya sabes que mi cabello no es normal. Nada en mí lo es. Es rebelde, rizado. La próxima vez escoge el bote verde «Rizos perfectos».

— Mil Lápices de Colores ha recibido un generoso donativo anónimo, dos mil quinientos euros. ¿Sabes qué?, creo que la cifra coincide con la cantidad que, más o menos, ha pagado ya mi padre por esta amistad terapéutica disfrazada de tratamiento. Sé que dirás que no has sido tú. Y sé que sí has sido tú. Eres un verdadero idiota. Y ya puestos..., ¿no te sobrarán siete mil euros para pagarle a Rubén?

Volver (segundo intento)
o lo que los yanquis llaman
el día de la Marmota

Viviana

Me levanté temprano, porque el avión salía a la una de la tarde. De nuevo, al encargado de mi departamento de IKEA le dije que necesitaba volver a casa. Le conté que mi madre estaba en una residencia y que iba a visitarla.

Y, de nuevo, solo la primera parte era verdad.

Estuve casi media hora decidiendo el tamaño de la maleta. Grande, pequeña. Grande, pequeña. Grande, pequeña.

Grande.

Esta vez, grande.

Me puse unos vaqueros y un jersey verde.

Cogí el metro.

Contemplé mi imagen reflejada en la ventanilla. Alicia. Sin peluca.

De nuevo Alicia.

El aeropuerto volvió a parecerme enorme.

Pasé los controles. Entregué el carné de identidad de Alicia. Pasé bajo el arco de seguridad. Pitó. Me descalcé. Pitó. Me quité el cinturón. Pitó. Dejé que una policía me cachease.

«Puede pasar», dijo.

Me calcé. Me puse el cinturón. Recogí la maleta de mano. No di media vuelta. No salí del aeropuerto. No cogí el metro. No volví a casa. No llamé al encargado de IKEA para decirle que al final no me iba.

Rugieron los motores.

Alicia. Por fin era Alicia. Sin vuelta atrás.

Rompí a llorar.

El porqué de Oxford

Marina

¡Hola, Carmela!

Mañana llegan Rodrigo y Ramón. Se casaron hace dos meses y estuvieron aquí de luna de miel. Ahora vienen a quedarse conmigo, hasta que nazca la niña.

Así que no perdamos los nervios. Aún faltan dos semanas para que salga de cuentas. No estaré sola.

Me siento como un inmenso caballo de Troya, con una trampa mortal en su interior. Imagino tu cara si me oyeses decir esto. No, Carmela, no puedo evitar sentir lo que siento. Nunca quise niños. Ni los quiero ahora. Hay gente que no puede ser padre o madre. Lo que sucede es que tan solo unos pocos somos lo suficientemente valientes para asumirlo. Para decirlo en voz alta.

Pero todo pasa por algo.

Pasó lo de Quique para que Jorge me dejase. Pasó lo de Milan para que conociese a Diego. Pasó lo de la niña para que entendiese que no estaba equivocada.

Que no puedo ser madre.

Porque todo lo que sucedió desde ese domingo en que Jorge metió siete años de matrimonio en su enorme maleta gris estaba encaminado a este punto. A este piso compartido en Oxford, como si volviese a Santiago. Mi vida después de Jorge es casi idéntica a mi vida antes de él.

Tenía que ser Oxford.

Porque siempre se me dio bien el inglés.

Porque fue derecho internacional, y no derecho de familia, mi asignatura favorita de la carrera.

Porque puede que no fuese una gran estudiante, pero fui una brillante abogada.

Porque Rodrigo tiene grandes amistades en este campus. E hizo valer todas y cada una de ellas.

Porque el Reino Unido es uno de los pocos países europeos en los que no está prohibido el vientre de alquiler.

Legados

Carmela

¡Hola, Manuel!

Soy Raúl.

¿Dónde te metes, tío? Ya me ha saltado el contestador tres veces.
En fin, que no espero más. Que me muero por contarte las novedades. ¡Y vaya si las hay! Han llegado voluntarios nuevos. Incluida la
chica esa, amiga de tu madre, que nos has mandado. Está muy buena, tío, pero es una pija de primera. A ver si se le pasa la tontería
después de unos mesitos aquí. Igual hasta cambias de opinión y vuelves, y para cuando vuelvas ya me la he ligado, o por lo menos hacemos carrera de ella. La verdad es que no sé qué haces en Pontevedra.
Conste que aún no se me ha pasado el enfado. Sé que te ha afectado
mucho la muerte de tu madre. A mí no me lo tienes que contar, que
se me murió la mía hace dos años. Pero no por eso volví a Lugo.
Pienso que quedarte en un ambulatorio, poniendo la vacuna de la
gripe a los jubilados, no te va a hacer más feliz. En fin, ya me vas
contando.

Valeria tampoco vuelve. Ha conseguido una plaza de pediatría
en un hospital de Turín. Está bien. Dice que, de momento, necesita
pasar página. Mira, tío, yo no voy a decirte nada, pero esta tía es una
tía muy legal. Tú ya te habías olvidado de Ali del todo. No sé por

qué te ha dado vuelta la cabeza ahora. Erais la pareja ideal. Vale, tío, ya sé que no hay ideales. Ya paro. Cada uno es cada uno.

En fin, que he estado dándole vueltas a todo lo que me contaste. Y no sabes cómo me llegó eso que me dijiste de que tu madre creía que no te dejaba nada, que no había hecho nada en la vida, que después de un tiempo nadie la recordaría, excepto tú.

Así que ahí va nuestra sorpresa. Qué grande tu madre, tío, al vender su oro para mandarnos el dinero a nosotros. Ese dinero que nos has mandado ha dado mucho de sí, para hacer un pozo nuevo y para arreglar el todoterreno. El caso es que en la ONG le estamos muy agradecidos. Así que si entras en la página web, verás que hemos abierto una sección nueva que se llama como ella, en la que contamos lo que hemos hecho con su legado.

Y además le hemos puesto su nombre al hospital de campaña. Hicimos un letrero enorme. Lo pintamos entre todos. Incluidos los niños. Hemos colgado las fotos en la web.

Hospital Carmela Suárez.

Y nada más. Espero que te haya gustado la sorpresa. Supongo que esto ha estado mejor que mandar flores al tanatorio, ¿no? Por cierto, manda una foto de ella, que la colgamos en la web y en Facebook.

Vamos hablando. Y piénsate lo de volver. Y lo de Valeria, ¿vale?

Y llama, que tenemos ganas de saber de ti.

Un abrazo.

Verdades

Sara

¡Hola, Bruno!

Antes de nada, voy a hacer algo que debí hacer hace mucho: decirte la verdad, porque te he mentido. Te he mentido muchísimo a lo largo de esta terapia. En realidad, tú descubriste muchas de esas mentiras. Supongo que me mentía a mí misma también. Recuerda mi primera mentira: «Fue un accidente». Y qué convencida lo decía...

Te he dicho más mentiras. Muchas. Los dos lo sabíamos. Jugamos a ignorarlas durante meses. Sé que ya puedo decirte mis verdades. Ahora sí.

No estaba realmente enamorada de aquel expendedor de gasolina.

Madame Bovary me produce más pena que desprecio.

Rubén sí la tiene más bien pequeña (juro que esto no es fruto del despecho).

Hubo momentos en que me sentí muy atraída por ti.

Quiero a mis padres. Es solo que no los soporto.

Nunca tuve intención seria de trabajar en algo rutinario. No, no me imagino como cajera de un súper. Y soy capaz de reconocer que esto es esnob. Pero es verdad.

Quizá sí tenía en mente reproducir mi patrón familiar. Y no sería justo decir que habría querido igual a Rubén si hubiese sido un expendedor de gasolina. (¡Dios!, qué mal suena esto al oírme decirlo en voz alta.)

Me gusta Sober. Me gusta dormir diez horas de un tirón. Me gustan los bosques, los muros repletos de musgo. Me gusta pasear entre las viñas. Me gusta. Es muy importante que esto quede entre nosotros. Mi fama de animal urbano adicto al asfalto se vería seriamente afectada.

Los siete mil euros me los pidió Rubén porque destrocé la carrocería de su deportivo antes de venir aquí. Fue el día que me dijo que no se quedaría con Camilo. Pude soportar que no se casase conmigo, pero no pude perdonarle lo del perro.

Y, por último, sí que me compensa estar aquí. Enseñar a los niños canciones en nuestro idioma. Pintar con mil lápices de colores mi futuro. Un futuro que, por vez primera, no parece dibujarse en blanco y negro. Se tiñe del naranja del atardecer en el desierto.

Compensa correr en línea recta, y no como una cobaya alrededor de una urbanización.

Compensa.

Y ahora, por favor, dime algo. Dime si lo sabías. Dime en qué me has mentido tú.

Recuerda: saraviñas@millapicesdecolores.org.

Dos meses

Viviana

¿Cómo puedo contarte todo lo que ha pasado en estos dos meses en los escasos minutos de los que dispongo para hablar con esta máquina?

Dos meses en los que no he llamado al contestador de casa, porque estando en ella me parecía inútil. Dos meses en los que he hecho todas las cosas que quería hacer. Sentarme en el puente de Loira. Dejar escurrir la arena gruesa de la playa entre las manos. Sentarme al lado de la tienda del Cachón, tomar cafés con Inés y recordar por qué, además de mi prima, la consideré siempre mi mejor amiga. Mirarla a los ojos y ver los de ella, y no los de su padre. Decirle a la cara que no voy a visitarlo, aunque esté encamado, porque no lo soporto, y sorprenderme al ver que ella asiente comprensiva, sin decir más. Visitar a la tía Albertina y dejar que me confunda con Inés, con una enfermera o con mi madre.

Dos meses en los que no he hecho lo que no quería. No he ido a verla. No se lo merece.

Y me he encargado de que se lo dijesen. Porque ahora que sabe que estoy aquí quiero que me espere. Como yo la he esperado todos estos años. Tampoco la llamo. Ahora soy yo la reina del silencio.

Dos meses en los que he visto cómo Valeria Coletti, natural del Piamonte y licenciada en Medicina, desaparecía del perfil de Manuel. Ahora él aparece solo. Y cuelga periódicamente fotos hechas desde la ventana de su habitación, aquí, en Pontevedra.

Sigue en el ambulatorio.

Dos meses en los que he tenido que buscarme en el espejo. Buscando fuerzas para ir a esa consulta donde él trabaja.

Me costó coger ese autobús. Llegar a la puerta del ambulatorio y saltarme la cola de pacientes. Entrar sin permiso en esa consulta. Mirarlo a los ojos, como nunca había sido capaz hasta ese momento.

Se quedó con la boca abierta.

«Ali», dijo.

«Juguemos a palabras encadenadas —dije yo—. Limpia.»

Una mujer con lumbago interrumpió el abrazo.

Ahora estoy esperándolo aquí fuera, en un banco de la alameda. Él quiere que se lo cuente todo.

Yo quiero un batido de piña.

Felicideza

Marina

¡Hola, Carmela! ¡Hola, Jorge! ¡Hola, mundo entero! ¡Hola, nenita!

No sé por qué estoy hablando con este móvil. Sí, sí que lo sé: porque me muero de ganas de decirle a alguien lo feliz que soy.

Ay, Carmela, qué montón de sentimientos contradictorios. Felicidad, por supuesto, al ver esa cosita arrugada, pequeña, venir al mundo. Maullaba como un gatito. Si hasta me hizo recordar a nuestro gato Milan. Y, claro, eso me provocó tristeza. Y su recuerdo, me llevó a ti. Y me puse a llorar. Pero puede más la alegría. La ilusión de ver a Rodrigo y a Ramón con su hija en brazos.

Acabo de inaugurar un nuevo estado mental: la felicideza. La felicidad absoluta teñida de una pizca de nostalgia y un poquito, solo un poquito, de tristeza. Por los que ya no estáis. Por no estar programada para ser la madre de esa hermosa criatura.

Pero feliz, porque todo pasa por algo, Carmela.

Porque tenía mucho que devolverle a Rodrigo. Llevar a su hija en el vientre ha sido un regalo. Bien, esto no es exactamente un vientre de alquiler, pero algo inventaremos. A fin de cuentas, somos abogados. Si tengo que ir a la cárcel, que sea por una buena causa.

Le hemos puesto Carmela. Sé que te encantaría. Claro que ahora, con apenas tres días, ya la llamamos de mil formas distintas: Carmeliña, Carmucha, Carmelocha.

¡Es tan hermosa! ¿He dicho hermosa? No. Graciosa. Con un montón de pelo oscuro. Con mis ojos. Y unas manos largas como las de Diego. Nos dio por hacer bromas. Mira que si de mayor se enamora de Jorgito. En fin, esas cosas solo pasan en los telefilmes de sobremesa. En esos en los que tú te habrías salvado. ¿Ves?, ya estoy otra vez.

Tristicidad.

Felicideza.

Qué más da. Eso es la vida.

Nada más.

Cuentas pendientes

Carmela

¡Hola, Carmela!

Soy Alicia. Ali. Sí, esa Ali.

Sé que te has muerto. No te preocupes. Llevo meses hablando con mi padre, que también está muerto. Quizá no sé hacerlo de otra forma. No tengo el valor para afrontar mis culpas, mis verdades, con los vivos.

No sé si alguien escuchará nunca esta llamada. Quizá no. Quizá la escuche Manuel, con el que tengo mil conversaciones pendientes.

Solo necesito decirte una cosa, allí donde estés.

Tenías razón.

Nunca estuve a la altura de Manuel. No por mí. No soy una mala chica. Es solo que viví en un momento equivocado. En un lugar equivocado. Pienso en lo que habría sido de mi vida de haber nacido en la casa de enfrente, en la de mis tíos. Cómo sería yo de no haber vivido lo que viví. Que no te lo voy a contar, que no merece la pena.

Tan solo quiero decir que hiciste bien en no decirle nada a Manuel hace cinco años.

No era nuestro momento.

No sé si lo es ahora. Pero sé que me lo trajiste de vuelta, que me buscaste. Me lo ha dicho él. Que lo pusiste a él por delante de tus miedos.

Y no sé si me oyes, si este teléfono puede ser una vía de comunicación contigo. Te juro que llevo meses pensando que sí. Hablar para la nada me ha salvado de la locura, me ha dado la cordura necesaria para seguir adelante. Para ser lo que siempre debí ser. Para volver al lugar de donde nunca debí salir. Para coger fuerzas y buscar dentro de mí a esta Alicia. La Alicia que se mira en el espejo y no siente vergüenza. La que está a la altura de tu hijo.

Creo que podré. Creo que ya no soy más esa mujer que salvar. Creo que ya he demostrado que me salvé a mí misma.

Nada más. Que ojalá hubiese tenido una madre como tú. Una madre que hace crecer. Una madre que quiere.

Miro mi muñeca. Ese ocho acostado que me tatué una tarde en Madrid. Ese infinito, réplica exacta del de Manuel, que dibujé en mi piel para seguir unida a él. Que me mantuvo unida a él a través del tiempo, a pesar de la distancia.

«¿Sabes cuánto te quiero? Infinito.» Seguro que te lo ha dicho mil veces.

También a mí.

A ver si es verdad.

Porque te juro Carmela que no sé si todo ese amor será suficiente. Creo que sería una pena que no, porque deberíamos encontrar un sentido a tu muerte.

Porque, como tú siempre decías, si no recuerdo mal, todo pasa por algo.

El nuevo trato

Sara

«Hola. Esta es la consulta de Bruno Loureiro. Lamento comunicar que la consulta permanecerá cerrada hasta nuevo aviso. Mis pacientes están siendo derivados a la consulta de Marta Picón López. Disculpen las molestias.»

¡Qué loco estás, Bruno!

Lo supe. Supe al instante que estabas viniendo hacia aquí. Nunca te ha importado nada. Nada te detiene. El jodido código deontológico. Una puerta en el jardín. A ti no te para nadie.

Así que ahora estoy aquí, separada de tu haima por apenas trescientos metros. Y después de que escuches este mensaje en tu móvil, recibiré un mensaje de brunoloureiro@millapicedecolores.org.

¿Y qué me dirás?

Que solo has venido a ayudar durante un par de meses. Y a traerme a Camilo (¡qué grande está!). Y volverás a decirme que me quieres. Y yo, de nuevo, no te contestaré. Porque esto no va así. Ahora estoy aprendiendo a vivir corriendo en línea recta. No puedes pedirme que pare. Ni siquiera por ti.

Así que este es el nuevo trato: no dejaremos de hablar, pero pararemos con estas conversaciones de contestador. Es ridículo. Casi mejor salimos a dar una vuelta. Y hablamos. Aunque me intimidas, porque siempre has sido un tío muy grande. Pero esto no es una consulta en Benito Corbal. Aquí corre el aire.

Lo cierto es que si puedes olvidar tu estúpida costumbre de besarme por sorpresa, cuando menos lo espero, puede que llegues a gustarme. Porque a día de hoy es una realidad que no puedo vivir sin ti. Cierto que no como tú esperas. No de manera romántica. Pero te has convertido en el psicoanalista argentino que baja detrás de mí por la escalera de la Sagrada Familia. Un día te dije que todo el mundo debería vivir con un psicoanalista pegado a su espalda. ¡Qué razón tenía! Yo lo hice. Y gracias a eso, ahora soy más feliz. ¡Qué coño! Soy plenamente feliz (excepto por lo del pelo, que no hay quien consiga alisarlo en este maldito lugar).

He comprendido lo que es querer libremente. Sin exigir nada a cambio.

No te emociones. Hablo de Camilo, no de ti.

Y de Omar.

Y de todos los Omares.

Aún pienso en Rubén. En su fisioterapeuta. No sé si todavía le quiero. Creo que sí. Aunque volvería a cometer el acto infantil de rayar su deportivo. En fin. Que sé que soy complicada. Pero tú lo haces todo más fácil. Que eres el único que me ha hecho dejar de dar vueltas. Que ya no soy una cobaya, gracias a ti.

Y esto es todo lo que te puedo decir.

De momento.

Mentiras (o no)

Viviana

«Mentir es fácil. Lo complicado es hacerlo bien.» Recuerdo que eso fue lo primero que te dije cuando le hablé por primera vez a este contestador, unos meses después de que murieses. Recuerdo que estaba desesperada por coger un avión y despedirme de ti. Pero no pude. Hasta que fui libre de verdad no pude, papá.

Y ahora me doy cuenta de que esta primera afirmación estaba equivocada. Lo complicado no es hacerlo bien. Lo complicado es no hacerlo.

No pude contárselo a Manuel. No pude.

Decidí hacerlo de otra manera. Lo traje a casa y llamé al servicio de contestador. Escuchamos todas esas llamadas. Juntos. Aquí. En esta casa. La misma donde cenábamos mientras tú hablabas y hablabas y mamá era la reina del silencio.

¿Sabes?, ojalá la vida fuese una novela romántica. Entonces Manuel me besaría y me diría que no le importa, que siempre me ha amado.

Y de nuevo, como en todas mis afirmaciones, tan solo una parte es verdad.

Me quiere.

Le importa.

Mucho.

Desde que se lo he dicho, su mirada es oscura también.

Estamos empezando a conocernos de verdad. Nuestras palabras encadenadas acaban muchas veces con palabras dolorosas, pero otras veces sentimos que hay esperanza. Y buscamos luces en esta historia llena de sombras. Rebuscamos entre la sordidez de este pasado mío y nos quedamos con las cosas buenas, el chachachá de Abigaíl, los bailes de Paulita en el descansillo de mi casa, los tequilas con Roscof, y el recuerdo de todas las Irinas, Nicoletas, Milenkas, Abigaíles o Ivanas.

Yo estoy aprendiendo a olvidar a Viviana.

Él quiere conocer a esta Alicia.

Una Alicia nueva que no tiene miedo. Que no echa la vista atrás, pero que ni olvida ni perdona.

Una Alicia que ya es capaz de ir al cementerio a despedirse de su padre.

La Alicia que no necesita hablarle a una máquina. Ni a ti, ni a nadie más. Ya he arreglado todas mis cuentas pendientes. Ahora sí.

Así que un día de estos pasaré a hacerte una visita y te contaré que esto mío con Manuel va hacia delante. O no. Pero quizá eso no es lo que más importa.

Lo que importa es esta nueva vida sin peluca.

Lo que importa es que mentir es fácil, pero esta Alicia ya no miente más.

Pase lo que pase.

Ya no más.

Agradecimientos

A Nando, a Xoana y a Sabela. Mi vida entera. La otra.

A Alejandro y a Miluca. Mejor deciros aquí lo que os quiero que contárselo a una máquina.

Y como no podía ser de otra forma, a toda la gente que me ha acompañado hasta aquí, que está dentro de un teléfono. Estáis siempre al otro lado, escuchando mis llamadas. Sois el contestador de mi vida. Ahí estáis. Todos. Mercedes Corbillón, Marta Novoa, Chus Lorenzana, Yolanda Nava, Gena Outeda, Manuel Menéndez, Eva García, Juan Morán, Vicente Fernández. Nunca soltéis mi mano.

Sois más. Muchos más. Siempre lo digo. Dicen que hay que tener pocos amigos y buenos. Pero la vida me ha regalado muchos y excepcionales. Quisiera nombraros a todos. Buceo en mis grupos de WhatsApp, que reúnen a toda la gente que ha compartido el camino de este libro, desde Galicia para el mundo. Y, de nuevo, ahí estáis todos. Portabales y Vangeneberg. Augas Mansas. Coffee Girls. Paules Girls. Penas y allegados. Chímpalle Unha Jaseosa, Morning Coffee. Souto, Rafaelas e Achejados. Francino's Boys and Girls. Las de la Intervención. Chuletón Party. Ornitorrincos Power (Pablo Zaera, gracias por haber creído en mí, cuando ni yo me creía a mí misma).

Y de entre todos los grupos, dos:

Al B* World: Salva Terceño y Asier Susaeta. Por llenar los días oscuros de reluciente vitamina B. Porque la magia no está en el andén 9 ¾, sino en la planta 7/15.

A las Meopremas. Porque me dais la vida. Todas vosotras. A ti, Ángela García, mi *fannamberjuan*. Y con permiso de las demás, a vosotras dos, Luisa Cabaleiro y Dori Sanjorge. Porque treinta años no son nada. Porque todo pasa por algo. Porque os quiero. Infinito.

Índice

CARMELA

SARA

VIVIANA

ESTE LIBRO
SE ACABÓ DE IMPRIMIR
EN MAYO DE 2018.

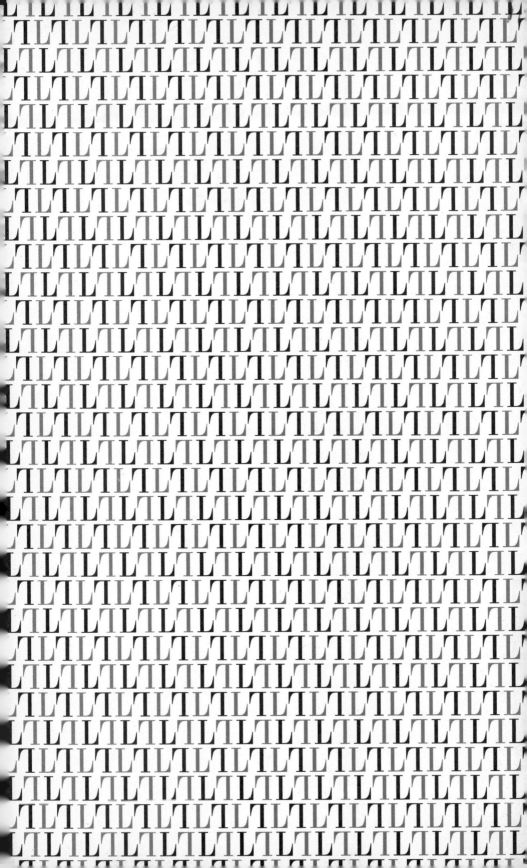